CW00502691

Olivier Adam

À L'ABRI DE RIEN

ROMAN

Éditions de l'Olivier

TEXTE INTÉGRAL

ISBN 978-2-7578-1003-3
(ISBN 978-2-87929-584-8, 1re publication)

© Éditions de l'Olivier, 2007

À Karine, en toutes choses

I

Comment ça a commencé ? Comme ça je suppose : moi, seule dans la cuisine, le nez collé à la fenêtre où il n'y a rien. Rien. Pas besoin de préciser. Nous sommes si nombreux à vivre là. Des millions. De toute façon ça n'a pas d'importance, tous ces endroits se ressemblent, ils en finissent par se confondre. D'un bout à l'autre du pays, éparpillés ils se rejoignent, tissent une toile, un réseau, une strate, un monde parallèle et ignoré. Millions de maisons identiques aux murs crépis de pâle, de beige, de rose, millions de volets peints s'écaillant, de portes de garage mal ajustées, de jardinets cachés derrière, balançoires barbecues pensées géraniums, millions de téléviseurs allumés dans des salons Conforama. Millions d'hommes et de femmes, invisibles et noyés, d'existences imperceptibles et fondues. La vie banale des lotissements modernes. À en faire oublier ce qui les entoure, ce qu'ils encerclent. Indifférents, confinés, retranchés, autonomes. Rien : des voitures rangées, des façades collées les unes aux autres et les gosses qui jouent dans la lumière malade. Le labyrinthe des rues aux noms d'arbres absents. Les lampadaires et leurs boules blanches dans la nuit, le bitume et les plates-bandes. La ville inutile, lointaine, et le silence en plein jour.

Donc, ça commence comme ça: moi, le ventre collé au plan de travail, les yeux dans le vague, une tasse de thé brûlant entre les mains, il est trop fait, presque noir, imbuvable. De toute façon je déteste le thé. Devant la maison d'en face, deux femmes discutent. Elles ont les cheveux courts ou rassemblés en queue-de-cheval, les jambes moulées dans ces caleçons qu'on trouve au marché le dimanche. Elles attendent que leur homme rentre du boulot, leurs enfants de l'école. Je les regarde et je ne peux m'empêcher de penser: c'est ça leur vie, attendre toute la journée le retour de leurs gamins ou de leur mari en accomplissant des tâches pratiques et concrètes pour tuer le temps. Et pour l'essentiel, c'est aussi la mienne. Depuis que j'ai perdu mon boulot c'est la mienne. Et ce n'est pas tellement pire. Le boulot au supermarché c'était pas beaucoup mieux j'avoue.

J'avale juste une gorgée et je vide tout dans l'évier, le liquide disparaît en éclaboussant les parois, aspiré par le siphon. Ça m'angoisse toujours cette vision. Ça n'a aucun sens, je sais bien. Mais on est tous bourrés de ces trucs qui nous bousillent l'existence sans raison valable.

Le silence, par exemple. Ce jour-là comme n'importe quel autre il emplissait tout, me coinçait la gorge dans un étau. Je pouvais le sentir me figer les sangs, me creuser les poumons d'un vide immense. Un cratère sans lave. Un désert. Une putain de mer de glace.

J'ai quitté la cuisine et je suis passée au salon, ou bien ai-je fait le tour des chambres. Je ne sais plus et ça n'a pas d'importance. Alors disons que c'était le salon. Je ne m'attarde pas là non plus. Il n'y a rien de spécial à en dire : des meubles noirs, deux fauteuils tournés vers la télévision, un canapé en tissu d'inspiration africaine et, devant la porte-fenêtre, l'étendoir où sèchent des tee-shirts, des slips, des pantalons, des chaussettes par dizaines. Un peu partout au sol, des jouets traînent et, sur la table basse, des cahiers de coloriage, des feutres, des paquets de gommettes. Je ne range jamais sauf le soir, juste avant que Stéphane rentre. Il appelle ça du désordre. Moi, je pense que c'est surtout de la vie. Il est chauffeur de bus scolaires. Quand on s'est rencontrés, il avait dix-huit ans. Il jouait au foot. Il sortait du centre de formation et venait juste d'intégrer l'équipe réserve. Chaque semaine, j'allais au stade. J'étais là dans les tribunes à me geler en espérant qu'il entre enfin sur la pelouse, qu'au moins une fois il quitte le banc des remplaçants. Dans son survêtement rouge et or, il fixait le terrain en se rongeant les ongles. Parfois nos regards

13

se croisaient et je lui soufflais un baiser, ou bien une grimace pour le détendre, lui arracher un sourire. Il n'est jamais entré. Jamais. À la fin il en a eu marre, il m'a dit c'est foutu, mon tour est passé, ça ne sert plus à rien d'espérer, il m'a dit j'arrête, je vais passer le permis pour être chauffeur de bus, j'entraînerai les gamins du quartier et les gars, j'irai les voir à Bollaert et ce sera très bien comme ça. Depuis il n'a plus touché un ballon sauf avec les enfants de temps à autre, sur la plage ou les pelouses du lotissement. Je ne crois pas que ça lui ait jamais manqué.

Dans le salon, calée contre le mur, la table à repasser m'attendait, et le fer branché et le linge dans son panier de plastique vert. Si Stéphane avait été là il m'aurait engueulée, *ma parole t'es complètement irresponsable de laisser le fer branché comme ça, et si la petite se brûlait.* Ce genre de trucs. À mon avis à moi, la seule chose qui aurait pu arriver, ça aurait encore été que je me le foute sur la gueule jusqu'à ce que ma peau fonde et mes os. Alors je l'aurais laissé gueuler un bon coup, j'aurais fait mine de ne pas l'entendre, je me serais allumé une Lucky et j'aurais tiré dessus en fermant les yeux. Mais il n'était pas là, et la table et le fer je me suis contentée de les regarder de loin, comme si c'étaient des animaux féroces, des bêtes dangereuses, vaguement menaçantes. Pourtant, à un moment ou à un autre il faudrait que je m'y mette. J'ai attrapé une revue sur la table basse, j'ai dû la feuilleter distraitement, les belles images, les jolies chanteuses et tout le reste, j'en ai tellement rien à foutre. Mais il n'y avait rien d'autre et les livres je n'ai jamais pu : je les ouvre, je lis quelques lignes et puis mes pensées m'emportent ailleurs. Les *Gala*, les *Voici*, toutes ces merdes, Stéphane m'en rapportait des paquets chaque soir. Il disait que c'était pour me distraire. Franchement je n'ai jamais compris de quoi ni comment.

Je ne sais pas pourquoi je raconte tout ça. Sûrement parce que c'était ma vie. Ça et rien d'autre : l'ANPE et les annonces une fois par semaine, les Assedic au début du mois, les gamins le bain les devoirs les repas la vaisselle, le linge et le ménage, les courses chez Ed, ou au Carrefour quand ça me déprimait trop, qu'il restait un peu d'argent mais c'était de plus en plus rare, le cinéma une fois tous les six mois, la télé tous les soirs et basta, à quoi ça sert de se mentir, la vie c'est ça et pas grandchose de plus pour la plupart d'entre nous.

Lise a déboulé dans le salon et en un éclair sa présence a tout illuminé, réchauffé l'air et la lumière. Avec ses grands yeux bleus, elle était belle comme un cœur, une vraie petite princesse. Elle est venue se blottir contre moi sur le canapé, elle a appuyé sur le bouton de la télécommande et le film a commencé, *La Petite Sirène* je crois bien, je ne regardais pas vraiment de toute façon, je n'ai même pas essayé, je décroche toujours au bout de trois minutes.

– Maman, tais-toi.

Je chantonnais. Comme souvent, je chantonnais. Sans m'en rendre compte, en voiture, à table, n'importe où ça me prenait, je chantonnais. Lise détestait ça.

– Arrête, elle a fait. Ça me bourdonne… J'arrive pas à entendre mon film.

Je lui ai demandé pardon et j'ai embrassé ses cheveux, leur parfum d'épineux, de résine et de bois. Je l'ai serrée plus fort et j'ai tenté de me concentrer sur l'intrigue, les poissons rigolos le crabe rouge et tout ça, mais très vite c'est juste devenu des formes, des mouvements, des taches bleues, jaunes et émeraude, le tout saupoudré de chansons mièvres. Je dis ça mais je les aimais bien au fond ces chansons. Elles avaient quelque chose de doux, de rassurant. Un peu comme des bonbons, des morceaux de chocolat. Des fois quand même elles me tapaient sur les nerfs et j'arrêtais la télé. Lise se mettait à chouiner que j'étais méchante. Mais là non. Je me suis laissé engloutir sous le sirop et la chaleur de la gamine contre moi.

Quand le réveil a sonné, j'ai mis des plombes à émerger des brumes, je m'étais endormie et les chiffres rouges de l'horloge, ça ne me disait vraiment rien. La sonnerie a

16

continué à pulser comme ça dans les aigus un bon bout de temps. Lise me fixait d'un drôle d'air, elle se demandait ce que j'attendais pour me lever et moi-même je crois que je me suis posé la question. Ça a fini par s'éteindre, un dernier bip et puis rien, les voix du dessin animé par-dessus les vibrations du réfrigérateur.

– Lucas va être en retard pour son cours, a fait Lise.

Il a fallu qu'elle me le dise pour que ça me revienne. On était jeudi, il était dix-huit heures : le cours de tennis du gamin. Toutes les semaines à la même heure il avait son cours mais toutes les semaines c'était pareil, j'oubliais. Pourquoi je n'ai jamais pu me fourrer ce genre de truc bien profond à l'intérieur du crâne, je n'en sais rien. Ça fait si longtemps que tout s'envole comme ça, que tout se brouille et s'absente. Tellement longtemps.

Stéphane est entré dans le salon. Sans même le voir ni l'entendre j'ai su qu'il était là, j'ai senti sa présence, dans la maison dans la pièce. Comme si la texture de l'air avait changé tout à coup. Je n'ai pas bougé, je ne l'ai pas regardé, ses gestes à force je les connaissais par cœur, je les voyais défiler dans ma tête, sa cravate qu'il dénouait, le dernier bouton de sa chemise qu'il faisait sauter, sa veste qu'il posait sur la chaise, le réfrigérateur qu'il ouvrait pour se servir une Amstel, et après ça, seulement après ça, Lise qu'il embrassait sur le front, et moi sur le crâne.

– T'as eu une bonne journée?

Comme tous les soirs j'ai haussé les épaules, je n'ai rien répondu, et comme tous les soirs il l'a fait à ma place, il a répondu à sa question, comme si c'était à lui qu'elle était adressée. Ce jour-là pas plus qu'un autre je ne l'ai écouté égrener les événements du jour, le maigre battement de la vie au-dehors: le bus en rade, chauffage bloqué à fond, les gamins qui hurlaient et la crise d'asthme du petit Gohier, la blague du cyclope que lui avait racontée Paulo son collègue pendant la pause au dépôt, un accident sous ses yeux au rond-point du Chemin-Vert, pas grand-chose au final, un scooter foutu, des écorchures.

Il a défait sa ceinture et s'est posté un long moment devant la porte-fenêtre. Il n'arrêtait pas de se passer la main sur la nuque. Qu'est-ce qu'il pouvait bien regarder comme ça? De ce côté-là non plus il n'y avait rien à voir. Un carré minuscule de terre grasse, d'herbes mauvaises. Une terrasse en ciment, des meubles de jardin en plastique vert. Un barbecue portatif qui n'avait jamais servi, faute de bois, faute de charbon, faute de soleil, faute d'envie. Au milieu de la terre, la balançoire rouillée, un vieux truc récupéré d'un collègue, complètement déglinguée et les sièges qui pendaient à moitié de travers. Le tout ceint de thuyas minuscules et un peu jaunes. Il a laissé échapper un soupir las, à quoi il pensait c'était

pas dur à deviner. Il n'avait pas besoin de prononcer le
moindre mot, de m'adresser le moindre reproche, j'entendais sa voix quand même : le jardin la maison depuis
le temps, je pourrais faire un effort, je n'avais que ça à
foutre après tout. Et puis les crédits, le loyer beaucoup
trop cher, l'argent qui manquait, les fins de mois à
l'arrache. Putain on venait d'emménager dans ce foutu
pavillon, qu'est-ce qui m'avait pris de déconner comme
ça ? Cette maison c'est moi qui l'avais voulue, non ?
Soi-disant que je ne supportais plus l'appartement, soi-
disant que ce serait mieux pour les enfants, une chambre
chacun un jardin des copains, et puis tous ces voisins de
notre âge on se ferait forcément des amis, on serait
moins seuls on se ferait une belle vie, rien de mirifique
une vie tranquille, prendre l'apéro à l'air le soir, déjeuner dehors le week-end, jardiner un peu pourquoi pas,
plonger les mains dans la terre faire pousser des fleurs,
boire des bières allongés sur des transats en été. Toutes
ces choses qu'il ruminait. C'est pour ça, je me suis levée
et je suis venue me coller contre son dos. Même si
depuis la veille j'étais censée lui faire la tronche. Même si
on s'était engueulés pour rien comme toujours, des
conneries aussitôt oubliées. Je suppose qu'on en était
là lui et moi. On s'aimait mais c'était planqué sous
la graisse du quotidien et des emmerdes, une couche
épaisse comme on en a tous. Alors oui j'ai posé mes

lèvres sur sa nuque, et mes mains sur son torse se sont glissées dans la forêt des poils noirs.

– T'as pensé à mes chemises?

Ses chemises. Je les avais complètement oubliées. Pourtant je n'avais rien eu de particulier à faire ce jour-là. Rien d'important. Rien d'autre à quoi penser. J'avais passé la journée à quoi? Tourner en rond dans la maison en me rongeant les ongles, lutter contre l'angoisse qui me bouffait le ventre et la poitrine sans que je sache pourquoi, retenir mes larmes.

– Putain, Marie… Je te demande quand même pas grand-chose.

Dehors il pleuvait des cordes. J'ai couru jusque chez Martine, un pull sur la tête. Sa maison c'était la nôtre à l'envers, son reflet dans un miroir. J'ai sonné et elle attendait derrière, c'était pas possible autrement, elle se tenait là depuis des heures, à attendre que quelque chose arrive. Je n'avais pas décollé le doigt de la sonnette que la porte s'est ouverte. On s'est retrouvées face à face. Je n'ai pas su quoi lui dire, comme d'habitude. On vivait si près les uns des autres. On menait la même existence, on avait les mêmes fatigues, on s'ennuyait pareil sans trop oser se l'avouer, ça faisait si longtemps que la vie nous passait à côté, on pouvait tout juste s'en faire une idée en tendant le cou histoire de voir, vérifier que pour l'essentiel elle n'était pas pour nous.

De sa voix nasillarde, elle a appelé les gamins. Ils ont déboulé en riant comme des baleines. Lucas a enfilé ses chaussures et pendant tout ce temps, je l'ai bouffé du regard mon bonhomme. Je crois que si on avait été rien que nous deux, je me serais jetée sur lui pour le couvrir de baisers et le serrer dans mes bras. Mais Martine nous observait de ses yeux mornes. Alors je me suis contentée de passer une main dans ses cheveux.

Dans la voiture, ça sentait la vanille et le sapin pendait du rétro. J'aime bien cette odeur. Je sais que ça sent dégueulasse mais mon père en avait toujours un dans sa bagnole. On roulait à deux à l'heure. Lucas se tenait à la poignée, il avait peur quand j'étais au volant. Je ne pouvais pas lui donner tort. J'étais un vrai danger public, infoutue de me concentrer sur rien. J'avais beau fixer la route avec toute l'intensité dont j'étais capable, je crois que si une voiture avait déboulé, je n'aurais même pas eu le réflexe de tourner le volant.

Tout de suite à la sortie du lotissement, on est entrés dans la zone commerciale : Go Sport Conforama Norauto, Kiabi Maisons du Monde Halle aux Chaussures, Gifi Bricomarché Fly et tout le reste. Puis la galerie marchande : Carrefour Etam Eram Promod, Camaïeu Darty André et les autres. Tout à portée de main, de porte-monnaie. Soldes monstres. Prix cassés. Crédit gratuit. Sur le pas de ma porte ou presque. Des monceaux de trucs que je n'aurais jamais les moyens de me payer, ni personne ici d'ailleurs. On a longé la voie ferrée jusqu'au centre-ville, devant les vitrines des boutiques les grilles étaient descendues. Pour la plupart elles étaient vides, avec en travers des affiches d'agences immobilières et les grosses lettres des mots *À vendre*. Les autres, on se demandait comment elles tenaient encore. On est passés près du Monoprix. Devant, il y avait tous ces types que je n'osais jamais regarder, ils avaient l'air sale et crevé, ils étaient si maigres sous leurs habits déchirés. Tout le monde les appelait *les Kosovars*, mais c'étaient surtout des Irakiens, des Iraniens, des Afghans, des Pakistanais, des Soudanais, des Kurdes. Certains étaient assis sur des cartons, les autres restaient debout par grappes, discutaient en attendant quoi? Devant la mairie se dressait une tente immense, on l'avait installée à la fermeture du camp. Je n'ai jamais compris pourquoi ils l'avaient fermé, ce camp. Les choses n'avaient fait qu'empirer. Ils étaient toujours aussi nombreux, ils cherchaient toujours le moyen de passer en Angleterre, seulement maintenant ils étaient vraiment à la rue, livrés à eux-mêmes. Le midi, le soir, on les voyait faire la queue en rang deux par deux pour du pain une soupe chaude, ils mangeaient ça à l'intérieur, assis sur des bancs d'école à l'abri de la toile, ou bien debout dehors, dans la rue ou sur les pelouses du parc. La nuit ils dormaient on ne savait trop où, où ils pouvaient, dans la forêt les sous-bois, dans les gares, les blockhaus les halls d'immeuble les hangars, les entrepôts les chalets de plage. Quand ils n'y tenaient plus, ils finissaient par se glisser sous un camion, dans un bateau ou sous un train, souvent c'étaient les plus jeunes qui tentaient leur chance. La plupart on ramenait leurs corps déchiquetés dans des linceuls. Les autres se faisaient prendre, on les envoyait à Paris ou ailleurs, dans des centres, trois jours plus tard ils étaient de retour et attendaient le moment de retenter leur chance.

Sans même m'en rendre compte je crois que j'ai accéléré. On s'est dirigés vers la mer. Des deux côtés de la rue, ce n'étaient plus que des restaurants et des pubs, les Anglais venaient s'y saouler le week-end. Plus jeunes on traînait là avec ma sœur et les copines, ils embrassaient bien, ils riaient, chantaient, dansaient pour un rien, ils avaient le coup de poing facile aussi, mais avec nous ils étaient doux comme des agneaux.

Après il n'y avait plus rien c'était le bout du monde, la plage sous la pluie filait vers les falaises, les chalets de bois blanc, les immeubles et plus loin les maisons rares, comme perdues ou oubliées, atterries là par hasard, au gré du vent, d'une tempête. J'ai jeté un œil à la barre HLM qui dominait le front de mer, au parking entre l'immeuble et le sable, aux jeux pour enfants, au terrain de basket où personne n'avait jamais mis les pieds à cause du vent. J'avais grandi là. Avec ma sœur, mes parents. Dans ce gros rectangle gris aux fenêtres minuscules, aux murs en papier. J'adorais cet endroit. De la chambre on voyait la digue s'enfoncer dans l'eau battante. Quand on allait tout au bout on croyait pouvoir toucher des doigts les ferries, les bateaux énormes et ventripotents avec leurs hublots alignés comme des yeux ou des dents. Maintenant je crois que ça me manque. Alors dès qu'il fait beau on vient là avec les enfants, Stéphane les fait tourner comme des hélicoptères, ils se courent après dans le sable, chahutent, font du cerf-volant. Quand le soir tombe on se paie des cornets de frites et on bouffe ça avec les doigts et une bière.

On vivait là c'était pas grand-chose, mais on était heureux. Enfin on l'avait été pendant pas mal de temps. Au début ma mère faisait des ménages. Ensuite elle a bossé dans une station-service. Et comme caissière au Gifi jusqu'à la retraite. Mon père était employé de la ville. D'abord cantonnier, puis aux jardins. Il s'occupait des ronds-points, des plates-bandes le long des rues, ce genre de choses. Des fois on se promenait et on le croisait avec ses collègues, son camion et sa salopette, il plantait des fleurs dans des endroits impossibles mais ça lui plaisait d'être tout le temps dehors, d'avoir de la terre sous les ongles. Il est mort il y a trois ans. Cancer des poumons. À deux ans de la retraite. Ma mère a déménagé. L'appartement était devenu trop grand pour elle. Trop cher aussi. D'autres gens y logent maintenant. Ça me fait toujours drôle quand j'y pense. Je suppose que dans notre chambre il y a des gamins qui regardent le gris de la mer le front collé à la vitre, et la nuit les lumières du sémaphore et des bateaux pour Douvres.

On est arrivés et le cours avait commencé depuis longtemps. Les balles valdinguaient contre les murs de tôle, tout tremblait dans un vacarme invraisemblable. Le petit m'a embrassée. Il m'a fixée avec cet air sérieux extralucide qu'il a toujours, comme trop intelligent pour son âge, trop mûr, trop posé. Comme s'il en savait long sur la vie. Certaines fois je le regardais et franchement, de nous deux qui était l'enfant, qui était l'adulte je n'aurais pas su dire. Il s'est éloigné la raquette à la main, elle semblait plus grande que lui c'en était presque drôle, il a disparu dans le gros cube gris au milieu des entrepôts et je suis restée plantée là à me demander ce qu'il pouvait bien devenir quand il sortait de mon champ de vision, s'il était le même ou un autre, s'il pensait à moi. Je suis repartie, je me sentais seule et perdue, gelée de l'intérieur, des pieds à la tête gelée. Gelée et étriquée. Je n'avais pas envie de rentrer. J'ai préféré rouler jusqu'au parking. Je me suis garée en bas de l'immeuble de mon enfance. Là j'ai éteint le moteur et j'ai laissé les phares en position route. Les essuie-glaces couinaient on aurait dit qu'ils souffraient. Devant moi le sable était blanc, et la mer au loin une tache immense, grasse et onctueuse, de l'huile ou du pétrole. J'ai cherché une chanson à la radio, quelque chose qui me plaise, j'ai baissé un peu la vitre et le fracas du ressac a envahi l'habitacle. Ça grondait comme une bête endormie sous le battement de la pluie. Je me suis allumé une cigarette. Je l'ai fumée en fixant l'étendue noire et brillante, prise dans le faisceau des feux. Cette masse qui tanguait et s'écrasait la bave aux lèvres ça m'hypnotisait. À droite, on voyait l'ombre des ferries hauts comme des immeubles, avec les hublots en guirlandes de Noël. Les grues avaient l'air d'animaux étranges et squelettiques aux abords des entrepôts noirs de nuit. La digue se réduisait à un trait sombre sur le sombre de l'eau et du ciel mélangés. À gauche, le long de la promenade invisible, les lampadaires traçaient une courbe en direction des falaises, les voir s'allumer de ma fenêtre quand j'étais gosse, c'était magique, une boule de feu fuyant dans les lointains. Le vacarme de la pluie sur le toit a redoublé et la mer on ne l'entendait plus qu'à peine. Je suis sortie de la voiture, j'ai marché un moment, l'eau me coulait sur la peau, dans le cou, sous les paupières, perçait mes vêtements comme du papier et me mouillait jusqu'aux os. J'ai enlevé mes chaussures. Mes pieds s'enfonçaient dans le sable livide et étrangement tiède. Autour de moi tout était flou, tout n'était plus qu'apparitions, des formes liquides diffractées par la lumière et la pluie, j'ai eu la sensation de me fondre dans quelque chose d'indistinct. J'ai continué jusqu'à la mer. Elle était moins glacée que je l'aurais cru. Au loin voguait un bateau, une ombre noire qui se balançait, une loupiote verte et malmenée par les flots. J'ai relevé ma robe, une vague est venue me mordre les chevilles, j'ai pris un peu d'eau dans ma paume, je m'en suis aspergé le visage. Cette odeur de sel et d'algues, ça m'a comme lavée.

Dans mon dos, ça s'est mis à gueuler. Des hommes, aussi des chiens. Je suis sortie de l'eau et près des chalets, des lumières bougeaient dans tous les sens, éclairaient le sable, le bois des parois, et des visages tordus. J'ai senti que je tremblais, j'ignorais si c'était de peur ou de froid. J'ai fait quelques pas et je les ai vus, des types en uniforme et leurs chiens lâchés, des armes luisantes à leurs ceintures, astiquées. Dans le crépitement des talkies ils hurlaient et s'agitaient, braquaient leurs lampes sur trois réfugiés hagards, serrés comme des gosses à l'intérieur. De leurs mains ceux-là tentaient de se protéger le visage, sur le moment j'ai cru que c'étaient des lampes qui les aveuglaient. À coups de poing de crosse de matraques, les flics les ont sortis de là, et les chiens se sont jetés sur leurs mollets. Ils les ont traînés par les bras, les pieds, les cheveux. J'ai vu leurs dos et leurs ventres frotter contre le bois. Et le bruit sourd des coups sur leurs corps, le raclement de leurs os sur le plancher, le choc de leurs crânes sur les marches j'entends tout encore, il suffit que je ferme les yeux et je revois tout, je me tenais là pétrifiée effarée les yeux écarquillés et la bouche ouverte. J'ai dû laisser échapper un cri. Un des flics s'est retourné et m'a collé sa torche dans les yeux.

– Qu'est-ce que tu fais là, toi? il a gueulé. T'as rien à faire ici… Allez casse-toi poufiasse…

Puis il s'est remis à cogner comme si je n'étais pas là. Je suis restée les bras ballants, j'étais complètement impuissante et dépassée, mes yeux me brûlaient à cause du gaz, la pluie me faisait un manteau glacé mais je n'étais plus en état de rien sentir, je ne me rendais plus compte de rien. Ils les ont embarqués, leur ont mis les menottes et les ont fait monter dans leur fourgon. L'engin a démarré en trombe avant de disparaître dans la nuit. Il n'y avait plus rien, aucune trace. Il restait juste le chalet éventré, une couverture trois cannettes deux sacs plastique. J'ai regagné ma voiture, j'étais trempée de la tête aux pieds.

Quand je suis arrivée devant le club Lucas m'attendait, sa housse comme un toit de fortune au-dessus de sa tête. Il n'y avait plus que lui, tous les autres étaient partis. J'ai regardé l'heure, j'avais vingt minutes de retard. Il a ouvert la portière. Il a balancé sa raquette sur la banquette arrière, s'est affalé les bras croisés et s'est composé un air dur en fixant la vitre. C'était juste de la buée, du noir et des traînées d'eau.

– Ça fait une heure que je t'attends. Qu'est-ce que t'as foutu ?

Je n'ai rien répondu, j'ai démarré, j'ai roulé vers la nationale. À l'arrière, Lucas ruminait. Je pouvais sentir son regard se coller à moi comme un aimant, ses yeux balayer ma peau humide, mes vêtements trempés et mes yeux brûlés. De temps à autre, je me tournais à la sauvette et son visage boudeur se détachait net dans la pénombre de la voiture. Ça me bousillait de le voir comme ça. Je me sentais tellement piteuse, j'aurais vraiment voulu être quelqu'un d'autre, j'aurais voulu qu'il ait une autre mère, être capable de ne pas lui infliger ce genre de spectacle. Mais c'était mon petit homme après tout. Il était sorti de mon ventre. Il pouvait tout voir de moi. Lui et moi c'était pareil. C'est à ça que je pensais quand il a dit :

– Je veux pas que ça recommence, maman.

J'ai freiné, les pneus ont crissé et la voiture a stoppé. J'ai éteint le moteur. Autour c'était juste un désert de terre brune, des champs s'étendaient à l'infini, les seules choses qui pouvaient les arrêter c'étaient la mer ou les immeubles. Un peu plus loin sur la côte ça venait s'échouer en plein ciel, ça se brisait à l'équerre sur le gris de l'eau. De là-haut par temps clair on pouvait voir l'Angleterre et on avait beau deviner que c'était pareil en face, des falaises blanches où cognaient les vagues et

30

roulaient les galets sous le ciel électrique, on avait qu'une envie c'était de s'enfuir là-bas. J'ai respiré un grand coup, je voulais rester calme, ne pas me laisser submerger pour une fois. Je l'ai regardé bien en face, j'ai pris ma voix la plus posée la plus sereine et je lui ai demandé de répéter. Ses yeux bougeaient sans s'arrêter sur rien, on aurait dit qu'ils suivaient un moustique. J'étais au bord des larmes. Il s'est lancé et de sa voix sourde et inquiète et cassée, il a répété ce qu'il venait de dire et c'était bien ça qu'il avait dit, ces mots-là qu'il avait prononcés, j'avais bien entendu, il ne voulait pas que ça recommence.

– Pourquoi tu dis ça mon ange?

Il n'a rien répondu et j'ai caressé sa joue, son visage. Il se retenait de venir se lover contre moi et ça m'a déchiré de sentir cette retenue chez lui, cette distance. La peur qu'il avait de me perdre. Et cette façon qu'il avait de lire en moi comme dans un livre, de sentir quand ça n'allait plus, que je commençais à dérailler, que la terre se fissurait sous mes pieds. Je crois que la plupart du temps, il sentait le vent se lever bien avant moi.

– Je t'aime maman, il a murmuré, et son regard était si profond et sérieux alors, je n'ai pas pu le soutenir.

Il pleuvait de plus en plus fort, il grêlait même, des poignées de cailloux lancés du ciel. J'ai redémarré et à nouveau on a fendu des terres noyées, au fond on ne faisait que rouler sous la pluie mais dans ma tête à ce moment-là c'était autre chose. Un sentiment de perdition. D'engloutissement. De fin du monde. Je crois qu'une partie de moi était persuadée qu'on allait mourir d'un instant à l'autre, comme ça sans raison, que tout allait s'arrêter, interruption des programmes indépendante de notre volonté. De temps en temps, les phares éclairaient une ombre, un type qui marchait face au vent, dans la pluie diagonale, couchée presque. Ils étaient tellement épuisés, tellement démunis tous ces types, tellement habitués à marcher tête nue et sans manteau qu'ils ne prenaient même plus la peine de se protéger. J'ai pensé qu'au point où ils en étaient ils ne devaient plus rien sentir, ni le froid ni les grêlons, ni la faim ni la fatigue, mais c'était peut-être pour me rassurer, en vérité ils devaient crever de tout ça mais qu'est-ce qu'ils pouvaient bien y faire ? Chaque fois qu'on en croisait un je ralentissais, je ne pouvais pas m'en empêcher, je pensais au chalet aux flics aux bergers allemands, aux torches aux bruits aux hurlements, à la violence à la douleur, à leurs visages à leur terreur. Lucas me parlait mais les mots m'arrivaient en désordre et sans vraie cohérence : l'entraînement était super et son revers s'améliorait, le prof lui avait parlé de l'intégrer à l'équipe. Régulièrement je hochais la tête, comme ces chiens en plastique sur la plage arrière des voitures, désarticulée, mécanique et vide. Au bout d'un moment j'ai fini par lâcher « c'est bien ». Mais ça faisait longtemps déjà que Lucas ne parlait plus, que sa voix s'était éteinte. Devant nous la route s'évanouissait dans le noir et je me suis dit qu'on allait s'y dissoudre nous aussi.

Comment ça a commencé? Comme ça je suppose. Deux ronds de lumière, des feux bizarres posés sur rien, et l'horizon indistinct obscur et flou, tout là-bas au loin. Un halo mouillé dans la nuit des champs de betterave. Juste ça. Lentement mais sûrement ça s'approchait, dans un vacarme de moteur et de pneus dans la pluie ça s'approchait, une bouillie de lumière éblouissante. C'était juste un putain de camion, un machin énorme comme il en passait sur n'importe quelle route, la nuit, en rase campagne, c'était rien mais au moment de le croiser, au moment exact où je me suis trouvée prise dans le foyer blanc des phares, j'ai fermé les yeux. Un très court instant, un centième de seconde, peut-être moins. Mais quand je les ai rouverts tout s'est soudain réduit à un voile piqué de points jaunes, strié d'éclats, de traînées. La voiture a fait un écart, j'ai senti qu'on quittait la route. J'ai braqué comme j'ai pu mais en vain. J'ai heurté quelque chose et on s'est immobilisés dans le brun des terres rases et le silence creusé par la pluie. Combien de temps on est restés, immobiles et muets dans la voiture penchée, comme prostrés au milieu des champs noirs je ne saurais pas dire. Je sais juste que ça m'a paru durer une éternité.

– Je crois qu'on a crevé, j'ai fait.

Machinalement, j'ai fouillé ma poche à la recherche du téléphone. Deux jours plus tôt il s'était mis à sonner et c'étaient des coups d'aiguille tellement perçants dans mon cerveau, je l'avais envoyé valdinguer sur le parquet. Je détestais cet engin. C'est Stéphane qui avait insisté pour m'en acheter un, il disait que c'était plus sûr avec les enfants, et puis on ne savait jamais, ça pourrait se révéler utile un jour. Et voilà, le fameux jour était venu. Et l'appareil gisait dans la poubelle brisé en mille morceaux. Lucas était dans la cuisine aussi ce jour-là, fourré dans mes jupes à faire *le petit espion* comme toujours, il était là et je voudrais bien savoir si un jour les enfants se remettent de ce genre de choses. De ça et du pire à venir. À mon avis, non. Personne ne se remet jamais de rien. Il suffit de regarder les gens autour de nous. Ici et ailleurs. Dans la rue, dans les maisons, partout. Ce que chacun trimballe de casseroles, et qu'on enterre avec soi.

J'étais perdue. La situation n'avait rien de particulièrement grave ou de désespéré, au fond c'était juste un pneu crevé sur une route la nuit, pas de quoi paniquer mais j'étais terrorisée, incapable de rien décider. Lucas grelottait sur la banquette arrière. Il attendait quoi roulé en boule, les genoux serrés entre ses bras? Que je prenne les choses en main, j'imagine. Que je fasse les gestes que n'importe quel adulte aurait eus dans un cas pareil. Je le regardais dans le rétroviseur, je voyais son visage très pâle dans le rectangle et je crois que moi aussi j'attendais cela de lui. Qu'il nous tire de ce pétrin. J'ai quand même fini par monter le chauffage et par sortir de la voiture, j'ai fouillé dans le coffre, la roue de secours le machin en croix le cric, j'ai tout posé sur le bord de la route, j'ai regardé ces trucs étalés devant moi et je n'étais pas plus avancée, vraiment je n'avais pas la moindre idée de ce que j'étais censée en faire. J'ai scruté la route. Des phares approchaient. En arrivant à ma hauteur, la voiture a ralenti, j'ai même pu voir la tête du type au volant, comme il me regardait avec ma robe trempée qui me collait au ventre et au cul. Il allait pour baisser sa vitre quand son regard a croisé celui de Lucas. Il a accéléré et j'ai vu ses feux rouges se fondre peu à peu dans la nuit. Je suis rentrée me mettre à l'abri. J'étais gelée, claquée, bonne à rien, et la voiture un jouet perdu dans l'immensité des plaines. J'avais cette impression que vus du ciel, on n'était qu'un petit carré au beau milieu du vide, un point et puis rien autour. Je suis restée un long moment à attendre le front collé au pare-brise, le volant sous le menton, dans l'aller-retour des essuie-glaces. Je me souviens très bien des odeurs qui montaient autour de nous, des parfums de boue, de sel, de mousse et de lande, de fougères, d'ajoncs, d'aubépine, de pierre et d'arbres. Pourtant les forêts étaient loin, et la mer aussi. Mais je les sentais toutes proches, comme sur le point d'émerger des pénombres. Comme si soudain tout allait se couvrir de sable, et les eaux monter jusqu'à nous engloutir. J'ai pensé à ça, à ce que la terre couvait, la mousse, les érables et les grands châtaigniers. J'avais terriblement sommeil. J'aurais voulu m'endormir sur-le-champ. M'endormir et qu'au réveil quelque chose se soit produit. N'importe quoi. Un miracle. Ou bien le souvenir poisseux que laissent les rêves quand ils ont l'air trop vrai.

Un peu plus tard dans la buée des vitres, j'ai vu apparaître une ombre. Un homme marchait vers nous. Il était maigre et voûté, avec un visage en couteau noir de barbe. Il s'est approché jusqu'à coller son front à la vitre, avec la main en visière au-dessus des yeux il nous regardait. On ne devait pas être beaux à voir tous les deux, moi complètement affolée et Lucas qui suait la trouille. Sa bouche était un trou noir qui se tordait et articulait des mots inaudibles. Lucas a glissé sa main dans la mienne et je l'ai serrée si fort que ses petits os ont roulé sous la peau. De sa voix nouée il m'a supplié, *ferme à clé maman, ferme à clé maman*, mais je n'ai pas bougé d'un pouce, j'étais paralysée. Il s'est mis à crier et sa voix je ne l'ai pas reconnue, cette voix ce n'était pas la sienne, ce n'était pas celle de mon petit enfant de mon bébé, cette voix qui m'ordonnait d'appuyer sur cette connerie de bouton, *merde, maman mais qu'est-ce que tu fous?* ce n'était pas la sienne c'était celle d'un autre que je ne voulais pas connaître ni même entendre. Putain tout était si flou et si noir. Comme dans un film ou un cauchemar. Il y avait ces champs opaques et la pluie serrée, le bruit que ça faisait sur la tôle et la lumière bizarre des phares braqués sur rien. Le type a cogné à la vitre. Lucas et moi on n'a pas bougé d'un cheveu, je crois qu'on ne respirait même plus. Au bout d'un moment, il s'est baissé et une image idiote m'a traversé l'esprit, je l'ai imaginé démonter la porte à la force de ses bras, comme dans une série américaine à la con. Mais il s'est contenté de se relever et de nous montrer les outils, le cric et la clé, un dans chaque main...

– Je crois qu'il veut nous aider, m'a fait Lucas.

J'ai ouvert la porte, je suis sortie et il avait cet accent qu'ont tous les réfugiés. Il clignait des yeux à cause de la pluie. Du menton il a désigné cette saloperie de pneu crevé et m'a fait signe qu'il s'en chargeait. Je me suis sentie parfaitement ridicule. Parfaitement conne et merdique. Il a commencé à dévisser les écrous et pendant tout ce temps je suis restée plantée là à le regarder faire, j'étais gelée et j'avais le cœur qui palpitait encore, je le

sentais battre jusque dans mes doigts. Il avait les gestes
de quelqu'un qui sait ce qu'il fait, des pneus il avait dû
en changer plus d'un dans sa vie. De temps en temps, il
se tournait vers moi et me souriait, me faisait signe que
tout allait bien, que l'opération suivait son court, puis
il se remettait au boulot. La voiture penchait et à l'intérieur, Lucas faisait semblant de dormir. Quand il a eu
fini, je l'ai laissé tout ranger dans le coffre et il m'a tendu
la main. Je l'ai prise dans la mienne et sa peau était rêche
et coupante malgré la pluie. Il serrait si fort, il a secoué
pendant des plombes, j'en ai gardé l'empreinte plusieurs
heures. Quand j'ai retiré ma main, elle était noire de
terre et de cambouis.

— C'est quoi votre nom?

Je ne sais pas pourquoi je lui ai demandé ça, il s'appelait Jallal et qu'est-ce que j'en avais à foutre? On s'est
regardés un moment, je suppose qu'il attendait que je
lui donne quelque chose, une pièce, un billet, ou bien
que je lui propose de l'emmener quelque part mais je n'y
ai même pas pensé, pas une seconde ça ne m'a traversé
l'esprit. Il a fini par remonter son col, il a craché par
terre et s'est éloigné. En quelques secondes, il avait disparu, avalé par la nuit.

Il était déjà tard lorsque nous sommes rentrés à la maison. La petite était couchée et Stéphane se rongeait les sangs. J'ai réchauffé des pâtes au micro-ondes, on les a mangées en vitesse, muets comme des carpes sur le canapé. On fixait le poste de télévision devant nous. Je ne sais plus ce qu'on regardait, n'importe quoi comme toujours. Je n'ai jamais su ce qu'on foutait à rester tellement de temps devant ce truc. À peine rentré Stéphane l'allumait, et il ne l'éteignait qu'au moment de s'endormir. Les soirées passaient comme chez tout le monde à peu près, la télécommande à la main à regarder des conneries en bâillant.

Je suis montée me coucher, Stéphane m'attendait et il avait éteint la lumière. Par la fenêtre, on voyait la boule blanche du lampadaire dessiner son rond pâle au milieu du ciel calmé, déchiré en lambeaux d'acier.

– T'as pris tes médicaments ? il a demandé d'une voix endormie.

J'ai fouillé la table de nuit, porté la main à ma bouche.

Puis j'ai rempli un grand verre d'eau et je l'ai bu d'un trait. Dans mon poing serré je tenais les deux pilules jaunes et blanches, elles ramollissaient dans ma paume, j'ai cru qu'elles allaient fondre. Une purée d'antidépresseur, de poudre et de gélatine. Stéphane s'est tourné vers moi, il a attrapé mon regard et m'a fixée avec tellement d'intensité, j'avais l'impression qu'il cherchait à entrer en moi et à y descendre, à m'ouvrir comme un fruit pour y voir clair, trier le bon du mauvais, chasser la poussière et ce qui pourrissait. Doucement il m'a embrassée et ses lèvres étaient sèches, des petits rasoirs sur les miennes, les écailles d'un poisson.

— Comment t'as fait pour changer la roue?
— C'est Jallal qui nous a aidés.
— Jallal?
— Oui, un réfugié, qui marchait le long de la route.

Il n'a pas eu de réaction particulière. Il s'est contenté de hocher la tête et de guider ma main vers sa queue. On a fait l'amour lentement, sans bruit. J'étais nue et glacée sous le poids de son corps et sa peau douce, c'était juste une griffure, je ne m'explique pas pourquoi. J'ai fermé les yeux et j'ai attendu que ça finisse. Je n'ai rien fait, comme toujours. Je n'ai jamais su. Ou alors il y a si longtemps que ça me semble une autre vie, un autre corps, une autre partie de moi-même. J'étais comme morte ou endormie, une momie qu'on baise dans la nuit froide.

Il a fini par grogner, il a fini par me serrer, me mordre et s'abattre. Il m'écrasait et c'est encore ce que j'aimais le plus, cette sensation que j'avais de disparaître et de me fondre au matelas, de le transpercer et de passer de l'autre côté. Il s'est endormi juste après et je l'ai regardé pendant un moment, lourd et repu, un ours ou un crocodile, un animal ronflant. Je l'ai trouvé beau, endormi comme ça cloué, le visage éclairé d'un halo pâle. Je l'ai toujours trouvé beau, de toute façon. Des fois je nous revois quand on s'est connus, flambant neufs avant que cette glu nous colle au plancher. Putain ce qu'on était beaux les samedis soir quand on baisait dans la voiture, on allait se bourrer la gueule chez ses copains ou dans les bistros, on s'endormait sur les banquettes et au petit matin on bouffait des croissants sur la plage chiffonnée, emmitouflés dans la vieille couverture du chien, elle était couverte de poils et sentait son odeur fauve. Quand j'y pense je peux même pas croire que c'était le même homme, que j'étais la même femme. Comme si la vie se coupait en tranches, et qu'une fois débités les morceaux n'avaient aucun rapport les uns avec les autres. Mais il m'aimait. Oui, il m'aimait je le sais mieux que quiconque. Même s'il gueulait pour un rien, même si c'était parfois le roi des cons, même si le canapé l'avait englouti depuis des années, le téléviseur hypnotisé les bières anesthésié il m'aimait, il faisait attention à moi. Il veillait sur

42

moi et me protégeait même si je n'avais aucune envie qu'on veille sur moi et qu'on me protège.

Je suis sortie de la chambre, complètement nue dans la pénombre et mon corps était si blanc, phosphorescent un peu. J'ai tâtonné jusqu'à la salle de bains. J'ai ouvert mon poing et les pilules jaunes et blanches ont flotté un moment à la surface de l'eau, deux poissons minuscules et presque immobiles. J'ai tiré la chasse et tout a disparu. J'ai attrapé une chemise de nuit, je me suis passé de l'eau sur le visage, les cheveux. Mes oreilles bourdonnaient du son des matraques. J'avais sur les lèvres et la langue un goût d'acier, de gaz et de menottes. Je n'arriverais pas à dormir. Je le savais. Je me connaissais à force.

Sur son petit lit vert et rose Lise dormait profondément. Une lampe tournait et venait régulièrement bleuir son visage lisse comme de la porcelaine, pâle comme un cadavre. J'ai passé un doigt sous son nez, je me suis concentrée pour sentir le filet d'air tiède, comme tant de fois quand elle était petite. Comme si ça se pouvait qu'elle s'éteigne sans prévenir. Comme si la vie pouvait s'interrompre comme ça d'un coup. Sur les murs filaient des ombres noires censées rassurer les enfants. Par instants, je voyais apparaître la commode et ses poupées entassées, peluches, figurines et barbies décoiffées, nues et le visage griffonné. On aurait dit un magasin fantôme, une boutique de jouets émergeant des limbes et couverte d'un voile de poussière. Je me suis levée. Sur le bureau de bois clair, deux dessins attendaient d'être achevés. C'étaient surtout des traits tremblés, de toutes les couleurs mais principalement du jaune, sa *couleur préférée* elle disait. Elle avait décrété ça un beau matin et ne paraissait pas près d'en démordre. En y mettant un peu de bonne volonté, on pouvait faire passer une grosse patate pour le corps, une autre plus petite pour le visage, deux points pour les yeux et un trait pour une bouche. Mais il fallait quand même y mettre du sien. Avant de quitter la pièce, j'ai embrassé son crâne, ses joues, son front. J'aurais tellement voulu me sentir gonflée d'amour en la regardant dormir comme ça. J'aurais tellement voulu en déborder. Mais je n'en ai jamais été capable. Au plus profond de moi-même, je n'ai jamais pu m'empêcher de penser que Lise était d'abord sa fille à lui. Et que Lucas c'était *mon* bonhomme. C'était ainsi et je n'y pouvais rien. Ça ne servait à rien de s'aveugler. Le mieux c'était encore de le savoir. D'en être consciente, de l'accepter une fois pour toutes.

Près du lit de Lucas aussi, une lampe tournait et projetait des ombres sur le papier peint. Ce n'était plus de son âge mais le Petit Prince y souriait au milieu des planètes, des étoiles, des renards et des lampadaires. C'était le cadeau de naissance de mon père. Il adorait ce foutu bouquin. Je crois que c'est le seul qu'il ait jamais ouvert.

Sous son sommier, Lucas cachait une caisse de plastique bourrée de dinosaures. C'était notre secret. Si Stéphane l'avait appris je crois qu'il aurait été furieux. Déjà que le petit rechignait à jouer au foot ou à faire du sport. Même le tennis, il fallait le pousser, au prix que coûtaient les leçons je me demande à quoi ça rimait de le forcer. S'il préférait passer des heures à construire ses maquettes ou plongé dans des livres sur les planètes et les astéroïdes, après tout je ne vois pas qui cela pouvait déranger. Parfois, sans bruit, j'entrouvrais sa porte et je l'observais. Je le regardais jouer, comme un tout petit enfant il avançait ses bestioles sur les draps, les plis faisaient des vallées étranges, des sommets bizarres, des canyons.

Quand il m'a vue dans l'embrasure, son regard, c'était comme s'il m'avait attendue durant des siècles. Avec ses cheveux encore humides et lissés sur le crâne, ses os saillants sous le pyjama turquoise, ses yeux vibrant d'amour transi, il avait dix ans mais c'était une chose impossible à réaliser, impossible et douloureuse. Je me suis assise près de lui. Il a posé sa joue moite contre mes cuisses. On est restés comme ça un bon moment, je passais mes doigts comme un peigne dans la soie de ses cheveux, et mes lèvres chantonnaient un truc inaudible, des bribes de mélodies cassées. J'aurais tellement voulu me souvenir de son visage quand il était bébé, du son de sa voix, de l'odeur de sa peau, de ses rires de ses hoquets de ses pleurs, de sa bouche tétant mon sein, de ses grognements d'animal affamé, du parfum de savon et de lait caillé de ses cheveux. J'aurais tellement voulu que Lucas n'ait jamais grandi. J'aurais tellement voulu pouvoir encore le nourrir de mon lait, approcher la cuiller argent de sa bouche édentée, changer ses couches essuyer ses fesses souillées, moucher son nez, embrasser son ventre et ses pieds, le tenir contre moi du soir au matin. Alors je n'étais jamais seule. Alors j'étais pleine et entière.

Je me suis glissée sous ses draps, je me suis collée tout contre lui. Dehors tout était calme et figé, il y avait juste l'arbre qui se balançait devant la rue déserte, les maisons aux lumières éteintes, les voitures clinquantes, les poubelles alignées, le truc ordinaire.

– Dis maman.

– Oui.

– Je t'aime tu sais?

J'ai déposé un baiser très doux sur sa bouche, comme quand il était tout petit, comme ça exactement. Il m'ouvrait des grands yeux de biche, j'ai regardé profond à l'intérieur et ce que j'y ai vu, c'était un cœur rogné par l'angoisse. Je ne suis pas plus conne qu'une autre. J'ai bien compris que c'était ma faute, que c'était rien d'autre que moi ce qui l'inquiétait et le faisait veiller dans la nuit.

– Je suis là et je te protège, tu sais, je lui ai dit. C'est moi qui te protège et pas le contraire.

C'étaient des conneries, bien sûr, mais qu'est-ce que je pouvais lui dire? Que c'était lui qui me tenait debout depuis tout ce temps? Que je m'accrochais à son regard à ses sourires comme un pendu à sa corde mais que j'avais beau faire, plus ça allait plus le nœud se serrait autour de ma gorge?

Il a hoché la tête comme s'il me croyait, comme si ce que je lui racontais pouvait encore avoir un sens. Puis il est venu se lover entre mes bras avant de fermer les yeux et de sombrer. Longtemps dans la nuit, j'ai contemplé son visage apaisé, ses traits d'enfant qui peu à peu s'effaçaient sous de nouveaux, plus durs, moins tendres. J'aurais tout donné pour gratter à la surface et découvrir en dessous mon petit garçon de quatre ou cinq ans.

Je suis descendue au salon. À part les voyants lumineux de la télé, le rectangle orange de la chaîne hi-fi et un trait de nuit qui serpentait entre les rideaux, tout était noir et silencieux. On entendait juste la vibration du frigo et le claquement de l'horloge. Ce son d'aiguille, de minutes et de secondes, je ne connais rien de plus froid et de plus sinistre. J'ai prié pour qu'une voiture passe ou quelque chose, quelque chose qui rompe le silence et le réduise en bouillie. Mais rien n'est venu. J'ai fini par allumer la radio, ils jouaient un vieux Cure et on avait quoi à l'époque? quinze ans peut-être. Sur le tapis du salon, taché de vin de cendres et de bolognaise, irrécupérable, on dansait ma sœur et moi. Nos cigarettes au bout des doigts on traçait des volutes dans le gris de l'appartement. Perchées au huitième étage on dansait, face à la mer démontée, aux vagues cassées par le vent avant même de se former, résumées à des traits d'écume, des nervures électriques à la surface de l'eau. Oh je n'en menais pas large en écoutant ça. Cette chanson, celle-là ou une autre de cette époque c'était encore pire que le silence, ça m'écrasait sous des tonnes de nostalgie violente. Un morceau de verre en plein cœur.

J'ai ouvert la porte et l'air s'est engouffré par paquets, m'a clouée en arrière. Dehors, la rue luisait comme un poisson. Dans le noir du bitume, la pluie et les réverbères faisaient des flaques de lumière troubles orange et brisées. Je suis sortie et le vent m'a giflée. J'ai marché dans le spongieux du ruban de gazon. Mes pieds s'enfonçaient dans l'herbe gorgée d'eau. Après j'ai raclé les trottoirs au milieu des pavillons endormis. Aux façades on devinait des chambres plongées dans le noir et les salons tremblaient dans le halo des téléviseurs. Les voitures avaient l'air de gros insectes morts et près des poubelles flottaient des parfums de viande avariée, de fruits pourris, de poissons décomposés. Tout me semblait sur le point de mourir, tout me semblait absolument étranger et incompréhensible. Je me suis retournée et dans le carré blanc de sa fenêtre, le visage de Lucas me contemplait. Je lui ai soufflé un baiser avant de m'éloigner.

J'ai marché jusqu'au parc. Ils appelaient ça *le parc* mais c'était juste une étendue d'herbe hirsute, à peine plus vaste qu'un jardin, un châtaignier malade, trois balançoires en forme d'animaux et rien d'autre. Les soirs d'été, les enfants venaient jouer là avec leur père, au foot ou à la pétanque avec des boules en plastique de toutes les couleurs. Je les accompagnais et la plupart du temps, des adolescents maigres garaient leur mobylette, ils fumaient des Marlboro sous le grand arbre, vidaient leurs packs de Kro dans le soir montant et les parfums d'écorce, d'herbe sèche et de résine. Ils se vannaient et se marraient pour un rien, leurs corps secs et tendus comme des arcs ou des lames. Je les observais en coin, j'aimais les voir bouger, les entendre, comme un vampire je buvais un peu de leur sang vif, je me goinfrais de leur beauté bizarre. Je les regardais et j'avais tellement de mal à me souvenir que j'avais été comme eux un jour. Vivante à ce point je veux dire. Au lycée pro dans les cafés, sur les quais la plage en été, le samedi soir à l'Albatros ou au bowling, maquillée à boire et danser comme une folle, l'électricité que c'était alors. Les fous rires qu'on se prenait pour tout et n'importe quoi et l'intensité qui passait entre nous et nous irriguait comme un fluide. Souvent je repensais aux copines de ce temps-là, à ce qu'elles devenaient. Après la mort de Clara on s'était perdues de vue, mais je suppose que même sans ça on aurait fini par s'éloigner. On ne tenait que par le mouvement, comme des planètes qui se tournent autour. Je les croisais de temps en temps, par hasard, au supermarché ou dans la rue, elles étaient méconnaissables et complètement fanées, c'était dingue. Pour la plupart elles ne travaillaient plus, à cause du chômage ou de leur mec qui ne voulait pas. Les plus chanceuses étaient caissières ou bossaient à l'hôpital, à la maison des vieux, ce genre de truc. On se disait bonjour et c'était à peu près tout. Y avait pas grand-chose à dire de toute façon. On avait toutes la mêmes vie, on avait toutes suivi le même chemin. Un mari, un toit des gamins et les crédits qui s'accumulaient on n'en voyait pas la queue. Pourquoi la vie nous abîme à ce point ? Cette foutue dent qu'elle a contre nous est-ce qu'on a vraiment mérité ça ? Alors ces gamins quand je les regardais, ça me sautait à la gueule leur jeunesse et la mienne qui était bel et bien morte. Avec ma sœur elle est morte, un jour d'octobre et j'avais dix-sept ans. Elle en avait dix-huit, elle était de ce genre de beauté tellement tranchante il fallait la voir, avec ses cheveux noirs et ses yeux marron vert qu'elle maquillait de sombre pour donner dans le style princesse vénéneuse. Je n'ai jamais su ce qui s'était passé exactement. Je n'étais pas là pour une fois. Je n'étais pas là j'étais malade, restée à la maison samedi soir pelotonnée sous la couverture, à regarder les variétés avec papa qui ronflait crevé dans le fauteuil, et maman qui fumait les yeux rivés à la fenêtre à la mer fondue dans le ciel noir. Je suppose que comme d'habitude, les bouteilles et les joints circulaient à l'arrière de la bagnole, je suppose que Nirvana gueulait et que les mains des garçons se faufilaient sous le coton des jupes et des tee-shirts. Je suppose. Tout ce que je sais c'est qu'ils étaient six là-dedans. Et qu'on les a retrouvés encastrés dans une saloperie de pylône, à deux kilomètres de l'Albatros. C'était le milieu de la nuit quand le téléphone a sonné, je ne dormais pas j'écoutais la musique en fumant mes Lucky, je m'emmerdais comme un rat mort et j'étais là le nez contre la vitre froide à ruminer ma connerie de pas être sortie avec eux pour un mal de ventre de rien du tout. J'ai décroché et j'ai entendu la voix de ce type, je ne l'oublierai jamais je crois, en tout cas les mots qu'il a prononcés, ces mots totalement incompréhensibles et absurdes, je peux jurer qu'ils sont gravés à jamais. Clara était à l'hôpital, plongée dans le coma. Trois jours plus tard elle mourait. J'en suis tombée à la renverse. Je crois que je ne m'en suis jamais vraiment relevée.

Dans ce parc, je me suis accroupie et du bout des doigts j'ai tâté la terre mouillée, boueuse. Je l'ai portée à ma bouche, c'était fade et pâteux sur ma langue, entre les dents. J'ai mâché et je me suis signée. J'ignore le sens que ces gestes avaient pour moi. Je crois que ça relevait d'un genre de prière païenne, un truc pour sauver ma peau comme j'étais certaine que j'allais mourir ou disparaître. Dans le salon, cette nuit-là, je me suis couchée avec les ongles noirs.

Le lendemain matin quand je suis descendue à la cuisine, les petits mangeaient leurs céréales et je les ai vus troubles dans la lumière moche. Je n'avais pas dormi beaucoup plus d'une heure. Je me suis frotté les yeux à me faire exploser la rétine, et mes pupilles brûlaient sous le crin des paupières. J'ai regardé autour de moi et le linge qui sortait du hublot de la machine, le carrelage poisseux, les meubles où prenait la poussière, le tapis couvert de miettes et de saletés, les traces de doigts sur le verre de la table basse, des vitres, du four, toutes ces choses qui traînaient et qu'il faudrait ranger à un moment ou à un autre, le paquet de céréales éventré les fourchettes les couteaux les cuillers, les biscuits la bouteille de lait et au salon les jouets les magazines les legos les puzzles, la cannette de bière le tire-bouchon le cendrier plein la couverture le paquet de mouchoirs, la serviette les deux peluches la barbie la Game Boy, les cahiers les crayons les feutres la boîte d'aspirine, rien n'avait de sens. J'ai bu deux cafés et je suis remontée.

Dans la salle de bains, j'ai eu beau m'asperger d'eau, me mouiller les mains les bras la nuque le visage, dans la glace cette peau livide et ces cheveux plaqués, cette vie même à qui ça pouvait bien appartenir ? Je ne reconnaissais rien.

J'ai senti qu'on tirait sur ma robe. C'était Lise et de sa petite voix, elle a dit qu'on allait encore être en retard.

Je les ai laissés devant l'école. Ça grouillait de gamins bariolés et pliés sous des cartables deux fois plus larges qu'eux. Des gens me saluaient et je n'avais pas la moindre idée de leur nom. Lise m'a embrassée sur la joue gauche, Lucas sur la droite, tous les deux en même temps comme ils faisaient toujours. Je les ai regardés entrer dans la cour, se faufiler au milieu de leurs camarades occupés à courir dans tous les sens, à s'échanger des cartes illustrées ou à pousser des billes. D'autres discutaient avec des mines concentrées et sérieuses. Les plus petits se balançaient sur des animaux rouges à ressort, ou bien ils dévalaient un toboggan minuscule avant de courir se planquer à dix dans une cabane en bois ou de se canarder à coups de marrons. Les plus grands jouaient au foot avec une balle de tennis gonflée de pluie et finissaient toujours par se battre comme des chiffonniers. Lise et Lucas s'enfonçaient dans ce petit monde, à leur manière timide et inquiète, comme s'il s'agissait d'un territoire hostile, d'un genre de jungle pleine de dangers imprévisibles. Ils n'arrêtaient pas de se retourner et de m'envoyer des baisers, des signes de la main. Lise serrait les doigts avec cet air complètement perdu et abandonné qu'elle a parfois. Je n'ai pas pu m'en empêcher, j'ai traversé la cour pour les rattraper et je les ai pris dans mes bras. Je les ai retenus, comme ça agenouillée à leurs pieds. Putain c'était tellement ridicule, tellement pathétique, ce besoin que j'avais de les serrer de les dévorer, de leur demander pardon, là, d'un coup, pardon pour tout et n'importe quoi, pardon d'être en vie, pardon d'être leur mère. J'ai fini par les lâcher, par me relever mais c'était trop tard. Lucas était cramoisi et tout le monde se foutrait de sa gueule, *Lucas le petit bébé à sa maman* ils diraient, et ça ne s'arrêterait pas là. Sitôt partie ce serait pire, ils se mettraient à lui tourner autour à lui filer des tapes en chantant *Lucas le petit pédé Lucas le petit bébé*, ils ne le lâcheraient pas de la journée avec leurs chansons à la con et leurs claques sur le haut du crâne sur les fesses et sur les cuisses je pouvais en être sûre, tout était toujours pareil et sans surprise.

Je suis repartie et vraiment je n'étais pas fière. J'ai roulé jusqu'au centre commercial. C'était comme une ville aux portes de la ville, ces vitrines aux lumières crues ces miroirs en enfilade, ces monceaux de bouffe de bijoux de vêtements d'appareils, ces pancartes ces affiches ces

photos atroces et le lettrage immense des offres promo-
tionnelles. Je flottais dans l'odeur écœurante des boulan-
geries industrielles, je circulais avec mon caddie vide
au milieu des plantes grasses, lustrées et étincelantes
sous l'éclairage irréel. Au centre une fontaine crépitait
mollement et même l'eau avait l'air fausse. J'avançais
là-dedans et tout brillait, tout luisait, je ne pensais à rien,
à l'intérieur c'était juste du flou et de la brume, une
étendue neigeuse. À plusieurs reprises on m'a frôlée, une
épaule un coude un genou, une fois même on m'a bous-
culée, c'était comme être invisible, j'avais l'impression
d'avancer à contre-courant et qu'on pouvait me traverser
comme un fantôme. À Auchan j'ai fait tous les rayons
absente et mécanique, produits d'entretien hygiène petit
déjeuner, je croisais des gens et leurs yeux étaient vides
comme les miens, leurs gestes absents quand ils attra-
paient une bouteille de Coca ou autre chose, avec leurs
caddies remplis jusqu'à la gueule ils avaient l'air de
robots, de créatures déshumanisées. Le mien était bourré
de viande de pâtes de riz de pommes de terre, de bananes
de poires de bonbons et de gâteaux pour les enfants, je
pensais à eux et je m'en voulais de leur avoir foutu la
honte comme ça, je suis sortie des rayons bouffe, de
toute façon ces kilos de bœuf ces litres de sang ça me
donnait envie de vomir, la tête me tournait et j'avais les
jambes fourrées de coton. Au rayon jouets j'ai pris une

voiture et trois poupées Barbie, trois jeux Playstation, j'ai pas regardé les prix, je suis passée aux vêtements pour Stéphane, j'ai attrapé trois jolies chemises et deux pulls et j'ai filé aux caisses. À la 28, c'était Valérie. On était ensemble en bac pro. Elle m'a donné des nouvelles de ses gosses, je ne les avais jamais vus je ne les connaissais pas mais c'était toujours pareil, les filles quand je les croisais elles me parlaient de leurs enfants et surtout pas d'elles. Les siens avaient du mal à l'école et le petit portait un appareil dentaire, ça coûtait la peau du cul, sans compter que maintenant tous les gamins de sa classe se foutaient de sa gueule. Elle me racontait ces trucs et moi je la regardais, quelque chose en elle avait changé depuis la dernière fois. Elle s'était coupé les cheveux, les avait teints, et avec sa blouse bleue son maquillage plein de couleur et le rouge aux joues, ça lui filait un coup de vieux terrible. Quand elle m'a annoncé le prix je l'ai vue blêmir, je crois qu'elle s'est demandé si des fois il n'y avait pas une erreur, si j'allais pouvoir payer. Elle savait parfaitement que Stéphane ne gagnait pas lourd et que je ne travaillais plus. Tout le monde le savait de toute façon. Surtout ici. J'ai regardé la somme sur l'écran. Au moment de tendre le chèque, j'ai senti se former sur mes lèvres un sourire irrépressible, j'ai trépigné de joie en imaginant le visage des gosses quand ils découvriraient tout ça. Rien que d'y penser le sang battait dans mes veines.

En repartant je suis passée devant la 24, c'était ma caisse quand je bossais là. À la fin la situation était devenue vraiment impossible, je pleurais du matin jusqu'au soir. Ce jour-là, un type s'était mis à gueuler, je ne me souviens même plus pourquoi, j'avais dû me tromper ou bien je n'allais pas assez vite enfin peu importe, ça arrivait tout le temps ce genre de chose. Un type de plus qui passait ses nerfs sur moi, voilà tout. Je ne sais pas ce qui m'est passé par le crâne. Vraiment je ne saurais pas dire. Tout ce que je sais c'est que j'ai pris la bouteille de vin et que je l'ai jetée par terre en lui hurlant de fermer sa gueule à ce gros con. Il y en avait partout. Avec son air outré, son visage cramoisi et le costume de merde qui le boudinait, il avait tout du parfait connard, le petit chef vicieux qui pourrit la vie de tout le monde. J'ai tout viré du tapis, sa bouteille de pastis ses paquets de pâtes, ses cuisses de poulet ses côtes de veau ses bières, j'ai tout remis dans son putain de caddie et je lui ai dit d'aller se faire foutre. J'ai été virée le jour même. J'ai évité la faute lourde de justesse, je les ai suppliés, on venait à peine d'emménager et le loyer c'était déjà une ruine, ils ont été compréhensifs et je les remercierai jamais assez pour ça.

Je suis rentrée à toute vitesse, j'avais le cœur au bout des doigts. J'ai passé vingt minutes à tout emballer, j'ai ressorti les chutes de papier des derniers anniversaires, j'ai fait boucler les rubans roses et verts sur la lame du ciseau. Je chantais à tue-tête en faisant ça, ma voix résonnait dans la maison silencieuse. Quand j'ai fini j'ai tout disposé au pied du ficus et c'était comme à Noël avec l'arbre, la joie et les jolis paquets.

Après ça, j'étais trop impatiente, j'ai tourné en rond dans la maison. J'avais les courses à décharger, le ménage à faire le repassage à finir mais j'étais trop excitée pour m'y mettre. Les lits étaient défaits, les draps en boule, les vêtements sur le sol, les poubelles pleines de papier, de trognons de pommes et de pelures de crayons mais je me suis contentée de passer d'un lit à l'autre, de la chambre à la salle de bains, de la salle de bains à la chambre, je ne tenais pas en place et j'étais incapable de rien faire. J'ai tout laissé en plan, j'ai pris la voiture et j'ai roulé vers le centre-ville. C'était pas réfléchi, comme quand j'étais gamine, je sortais à vélo à mobylette, j'allais faire un tour je prenais des rues au hasard, je crois que sans me l'avouer vraiment j'espérais croiser quelqu'un, n'importe qui mais quelqu'un. Des fois quand même, je savais qui et je passais dans sa rue très lentement. Je n'osais pas sonner, je me contentais de passer et de repasser, j'avais le cœur qui me battait dans les tempes, je roulais et j'espérais que peut-être il serait dans le jardin ou dans la rue juste à ce moment précis où je passais. Mais la plupart du temps je rentrais pour les infos et je n'avais croisé personne. J'avais fait des détours par le terrain de sport mais non, personne, par la piscine et là non plus, ou bien au centre-ville des fois que quelqu'un n'importe qui serait allé faire des courses avec sa mère, acheter un nouveau pull ou des chaussures, mais là encore c'était le désert.

Je ne sais même plus pourquoi je me suis arrêtée à cet endroit, ce qui m'y a menée au juste. Devant la tente immense, ils étaient une vingtaine, peut-être plus, ils faisaient la queue avec leurs sacs Lidl à la main, à l'intérieur il y avait tout ce qui leur restait, ils ne s'en séparaient jamais. C'étaient surtout des hommes, les joues creuses et mangées de barbe, les yeux brillants de fatigue. Ils portaient tous le même genre de vêtements, des pantalons beiges de velours troués et deux ou trois pulls superposés sous un blouson de cuir usé, ou alors des survêtements, des bonnets et des anoraks trop courts. Un peu plus loin, il y en avait une dizaine encore, en file près d'une camionnette, vraiment dans un sale état ceux-là. Une femme les recevait en blouse blanche, un genre d'infirmière ou de médecin, son coffre était bourré de pansements, de médicaments, de bandes, de seringues. Ils défilaient devant elle et elle les auscultait avec des gestes doux et précis, attentionnés. Je me suis approchée et elle était penchée sur un type, il n'avait pas vingt ans. Il avait relevé son pull et son torse, c'était plutôt moche à voir, au milieu des bleus une plaie suintante lui barrait la poitrine. Quand elle en a tamponné la surface à l'aide d'un coton, il s'est raidi sous la douleur, les dents serrées pour ne pas crier.

– Ça fait mal, je sais. Mais j'en ai pas pour longtemps.

Elle s'est levée pour attraper une pommade au fond de la camionnette, de l'eau oxygénée ou que sais-je, elle était petite et menue, une souris sous l'argent des cheveux coupés au bol. C'est là qu'elle m'a vue.

– Qu'est-ce que vous faites là? C'est pas le spectacle ici. C'est pas un zoo, madame…

Je n'ai rien trouvé à répondre. Je me suis sentie moins que rien. Honteuse comme jamais. Je m'en serais bouffé les dents. Je l'ai regardée un moment sans savoir quoi faire.

– Allez, dégagez maintenant…

Elle est retournée s'occuper du type et cette fois il n'a pas pu se retenir. Il a hurlé, un râle de souffrance atroce.

Qu'est-ce que je foutais là, bordel? Je me suis dirigée vers la voiture, j'ai traversé le parvis. Entre deux nuages, un bref instant, un soleil de limaille a tout remis à neuf. Trois sacs en plastique voletaient dans la lumière acide, une cannette est venue rouler jusqu'à mes pieds. Je suis passée devant cet étalage de vêtements, ils étaient cinq ou six à fouiller là-dedans. J'ai à peine osé les regarder. Ils brassaient des paquets de chaussettes trouées, de chemises défraîchies, de pantalons élimés, de pulls moches, de caleçons jaunis. D'abord je ne l'ai pas vu. Sûrement c'était à cause du vent dans mes yeux rougis, qui les griffait, y faisait monter des larmes. Mais il était parmi eux. Il était là, il me fixait, même. Sans rien dire il me fixait, devant les tas de vêtements usés, des pyramides de blousons, de k-ways. Il m'observait. À la bouche il avait ce rictus ironique, un peu moqueur. Une cicatrice lui sciait le front. La veille je n'avais rien remarqué. C'était la nuit de toute façon, je n'avais pas pu voir. Elle paraissait sur le point de se rouvrir et de saigner.

– Ben alors faut pas rester plantée là, ma petite. Qu'est-ce que vous voulez ? Vous cherchez quelqu'un ?

Cette voix cassée je m'en souviendrai toujours. C'était la première fois que je l'entendais. C'était celle d'Isabelle, mais à ce moment précis c'était juste une femme sans âge. Une femme menue avec des cheveux corbeau, des cernes noirs, des joues creusées. Les mains sur les hanches elle me toisait, je suppose qu'elle attendait de moi une explication.

– C'est à propos de ce monsieur, j'ai balbutié, il m'a aidée hier soir et je voulais le remercier.

D'un geste vague j'ai désigné la table et ma main s'est tendue dans le vide. Ils avaient tous disparu, ils s'étaient volatilisés. Il ne restait plus que des piles de vêtements. Une fille assez jeune tentait d'y remettre un peu d'ordre.

– Ouais, ben si vous voulez vraiment le remercier, le mieux ce serait encore de nous filer un coup de main, parce que tous ces types ont sacrément besoin d'aide, croyez-moi. Allez voir Josy là-bas, il lui faut quelqu'un pour préparer les assiettes.

Je n'ai pas réfléchi. Je me suis exécutée. Je me suis dirigée vers la tente. À l'intérieur, des types mangeaient, penchés sur leur assiette. D'autres attendaient qu'on les serve. J'ai tout de suite repéré Josy au milieu de ses marmites. C'était une grosse bonne femme aux joues rouges, aux cheveux courts et teints en blond. Le genre qui aidait les instits à l'école quand j'étais gosse. Le genre qui m'avait toujours intimidée. Je me sentais comme une gamine affolée un jour de rentrée. Elle m'a fait signe d'approcher et de l'aider à préparer les plateaux, des trucs de cantine en plastique beige ou chocolat. Dessus elle m'a dit de disposer des serviettes en papier, des assiettes creuses, des cuillers des verres d'eau des bouts de pain, des pommes et des yaourts sucrés. Après je devais les faire glisser jusqu'à elle pour qu'elle y verse des louches épaisses de soupe où flottaient des nouilles, des légumes et des morceaux de n'importe quoi. Puis elle tendait le tout aux réfugiés ou bien c'était moi.

Je n'ai pas vu le temps passer. J'étais tellement concentrée sur mes gestes, sur leurs visages. Pendant deux heures j'ai fait que ça sans penser à rien d'autre : composer des plateaux et les tendre, noyée dans cette odeur de soupe écœurante, le ventre tordu par ce que je voyais. Vraiment c'était à frémir. À chacun je m'appliquais à lancer un bonjour, un mot gentil, un sourire mais la plupart ne répondaient pas, ils me regardaient à peine, leurs yeux étaient vagues et leurs dents abîmées. Je ne pouvais pas m'empêcher de détailler leurs joues crasseuses et creusées, constellées de marques, de boutons et de croûtes minuscules. Ils prenaient leurs plateaux et nous tournaient le dos avant d'errer au milieu des tables, cherchant quelqu'un à côté de qui s'attabler. Ils se regroupaient par nationalité, les Pakistanais sur la droite, les Afghans sur la gauche, les Kurdes juste à côté de nous et les Africains tout au fond, un peu à part. Assis sur des bancs d'école, voûtés et silencieux, ils mangeaient la tête baissée ou bien les yeux au plafond. Il régnait là-dedans un silence pesant, une tension palpable, un tapis de bruits de bouche, de murmures et de respirations, à peine troublé par celui des couverts. Ils étaient tellement peu nombreux ceux qui parlaient, qui en avaient encore la force, le courage ou simplement l'envie.

Quand le flot a fini par se tarir, que le rythme des gestes s'est fait plus lent, j'avoue je me suis sentie presque déçue, dégrisée. Josy a commencé à circuler entre les tables. La plupart avaient fini de manger, mais sous la tente au moins ils étaient protégés du vent, de la pluie et des regards. Ils étaient assis. Et c'était propre. Au bout d'un moment elle leur a demandé de lever le camp. Sur le coup je n'ai pas compris pourquoi. Ce qu'elle avait à les emmerder soudain. Ils ont râlé un peu, certains faisaient les sourds ou bien traînaient. Deux d'entre eux ont même gueulé. Mais pas un instant Josy ne s'est départie de son sourire, de sa bonne humeur, pas un instant. On sentait qu'elle avait l'habitude de tout ça, que plus rien ne l'effrayait. *Allez ouste, allez ouste*, elle leur disait en rigolant, une fermière qui rentre ses poules au poulailler.

Il n'était pas loin de quatorze heures quand les derniers réfugiés s'en sont allés. Ils partaient comme ils étaient venus, par petits groupes et muets, reposés un peu mais abattus déjà de retourner à la rue, aux trottoirs, à la boue. Certains nous saluaient d'un signe de tête, d'un clin d'œil. D'autres passaient devant nous sans un regard, sans le moindre mot. Jallal était parmi eux et ses épaules flottaient sous son blouson trop large, un blouson de cuir râpé aux coudes, avec des taches de peinture blanche. Il m'a frôlée et j'ai prononcé son nom. Il est resté un moment sans bouger, à quelques mètres devant moi. Il ne s'est pas retourné ni rien. Il m'a juste attendue. Les autres se marraient, lui balançaient des trucs dans leur langue, des trucs que je ne pouvais pas comprendre. Je me suis approchée de lui. Dans mon poing je serrais un billet froissé.

– C'est pour hier, je lui ai dit. Yesterday. To thank you.

Comme ça avec mon accent tout pourri.

Ses yeux presque noirs, son regard d'aigle alors, ça m'a transpercée. Il avait toujours sur le visage cette expression indéfinissable. Il n'a pas voulu de mon billet. Un geste de la main et j'ai compris. Il a porté les doigts à ses lèvres.

– Des cigarettes ? You want cigarettes ?

Il a hoché la tête. J'ai sorti mon paquet de Lucky, complètement mou et aplati. À l'intérieur les clopes étaient en miettes ou cassées en deux, mais je le lui ai tendu quand même. Putain je l'aurais béni ce foutu paquet, tout piteux qu'il était. J'étais tellement soulagée, tellement heureuse de pouvoir lui donner quelque chose. N'importe quoi. D'un mouvement de tête, il m'a remerciée, et j'ai cru discerner sur ses lèvres le début d'un sourire. Il s'est allumé une clope, a soufflé un long trait de fumée et s'est éloigné sans un mot.

Quelques secondes plus tard, il s'est mis à pleuvoir. Ça crépitait fort sur la toile, on se serait cru la nuit sous la tente au camping. Je sais que c'est étrange mais c'est à ça que j'ai pensé alors, aux nuits sous les tentes. Les étés avec la bande on partait, trois francs six sous en poche, on quittait la mer grise pour l'autre un peu plus chaude et surtout plus bleue, avec les palmiers les hôtels roses les oliviers les calanques et les pins, on dormait à deux à trois dans les canadiennes humides, on se faisait draguer au bar du camping, on bronzait sur la plage de Fréjus ou d'ailleurs et nos peaux du Nord devenaient tout de suite cramoisies. La nuit on sortait maquillées pailletées coiffées sous les néons roses et verts, sur le port de plaisance il faisait doux, on vidait nos Smirnoff au goulot, le long des bateaux des marchands proposaient des bijoux de rien, des poteries locales, des paréos à fleurs des chapeaux de paille ou des coiffures bizarres. On mangeait nos glaces en flânant les pieds dans des sandales, les ongles vernis rose, rouge, mauve, turquoise et violet, une couleur à chaque doigt. Dans les boîtes on entrait gratis, personne nous emmerdait à cause de notre âge et des vieux beaux friqués nous mataient accoudés aux bars. Je mentirais si je disais qu'aucune de nous ne s'est jamais retrouvée dans une chambre d'hôtel avec l'un d'eux, à boire du champagne en peignoir blanc face à la mer plus lisse et brillante qu'un lac. On dansait sur des tubes pourris, on braillait dans le micro des karaokés et les garçons sentaient l'après-soleil et la noix de coco. Leur peau avait un goût de sel et jusque tard dans la nuit sur la plage autour du feu, sous la tente ou bien dans leurs bagnoles, leurs langues fouillaient nos bouches, leurs mains se glissaient à l'intérieur de nos minishorts et on se laissait faire en riant.

– Dis, t'as encore deux minutes?

Je pensais à tout ça, ces souvenirs à la con, des souvenirs comme on en a tous, au fond ça aurait pu être ceux de n'importe qui. Je ne l'ai pas entendue approcher. J'ai sursauté, elle se tenait tout près de moi, je sentais son souffle dans mon cou, son haleine de tabac et de fruits mâchés.

– Il me faut du renfort cet après-midi pour le centre, elle a fait.

J'ignorais de quel centre elle parlait. Mais ça aurait pu être n'importe quoi je crois j'y serais allée, je l'aurais suivie.

Le centre en question, c'était juste un préfabriqué gris sale sur le port de commerce. Le long des quais des paquebots stationnaient, des paquebots grands comme des villes. Partout autour, des types chargeaient et déchargeaient des palettes de marchandises, des containers, sans arrêt ils passaient du bateau à l'entrepôt et de l'entrepôt aux camions béants. Devant la porte, assis sur les marches, ils étaient dix ou plus à attendre, les jambes serrées dans leurs bras découverts par leurs manteaux trop courts, la tête dans les genoux et les yeux clos.

À l'intérieur, il y avait un bureau gris entouré de chaises

noires et couvert de papiers, et derrière des portants avec des vêtements pendus aux cintres. Un type s'est avancé vers moi.

– Je m'appelle Jean-Marc, c'est gentil de venir nous donner un coup de main.

Il me souriait comme si on se connaissait. Et bien sûr on se connaissait, de vue seulement mais on se connaissait, c'était le prof de tennis de Lucas mais ça je ne l'ai réalisé que beaucoup plus tard, une fois rentrée à la maison.

Dans la pièce flottait un parfum de Nescafé et de tabac refroidi, une odeur moisie de poussière et d'anti-mite. Un instant j'ai pensé aux enfants : ils avaient dû manger à la cantine, je les imaginais perdus dans la cour à m'attendre en me cherchant des yeux comme des âmes en peine, puis rongés d'inquiétude au réfectoire, la tête basse face aux soupirs de dragon de la directrice. Elle avait encore dû les engueuler parce qu'ils n'avaient pas de ticket.

Isabelle a ouvert les portes et les types ont commencé à entrer. Ils avaient ce même air timide qu'au repas, les yeux baissés à regarder leurs pieds à se tordre les doigts, à se les ronger au sang de leurs dents mauvaises. Dans l'autre pièce, j'ai préparé des litres de café chaud. Pendant que l'eau bouillait j'ai regardé autour de moi, l'agencement approximatif de lavabos ébréchés, de chaises et de tables. Les trois fenêtres barrées de gros scotch et les murs punaisés de tracts orange. Je les ai lus en diagonale. Ça parlait de la fermeture du camp, de la situation des réfugiés. De l'hiver qui approchait et de la nécessité de trouver des solutions pour les héberger, les nourrir, les soigner. Il y avait aussi une pétition pour ce type, ils en avaient parlé l'autre jour à la radio. Il accueillait des clandestins chez lui, ça faisait plusieurs mois que ça durait. Il s'était fait prendre par les flics. On allait le juger pour ça. Je me suis assise et pendant un instant je me suis demandé ce que je foutais là. Mais ça n'a pas duré. Je n'ai pas eu le temps d'y réfléchir : la bouilloire s'est mise à siffler et j'ai versé l'eau fumante dans un pichet bourré de café soluble.

Quand je suis entrée avec mon plateau fumant entre les mains, Jean-Marc s'occupait d'un type très maigre au visage étroit, un Pakistanais j'ai cru comprendre, il lui traduisait un papier que lui avait remis un flic lors d'un contrôle, un avis d'expulsion : il avait dix jours pour quitter le territoire. J'ai tout posé sur le bureau, j'ai rempli des tas de petits gobelets marron. Autour de moi, ils parlaient en anglais. Je ne comprenais rien ou presque, il y avait si loin des cours d'anglais, *where is Brian, Brian is in the kitchen, it's raining, where is my umbrella*, c'était devenu une blague à la fin avec les filles. Il n'y avait guère que Clara pour se débrouiller. Elle avait rencontré ce type dans un pub, un Anglais, elle parlait d'aller le rejoindre à Londres pour l'été et c'était quoi ? trois mois avant sa mort.

Isabelle avait des choses à régler, elle m'a demandé si je pouvais m'occuper du « magasin » et de la pharmacie pendant une heure ou deux. D'un geste elle m'a désigné les vêtements, classés par tailles et par catégories, les moins usés devant les plus troués derrière, les étagères pleines de savons, de brosses à dents de tubes de dentifrice, de peignes, de pansements, de rasoirs et de médicaments de première nécessité.

— Ça ira ? Tu pourras te débrouiller ? S'il y a le moindre problème je suis dans la pièce à côté et…

Elle n'a pas eu le temps de finir sa phrase. Un type est entré et s'il ne sortait pas tout droit de l'enfer, il venait de ses environs immédiats. Il portait un pantalon craqué et, en guise de tee-shirt, un bout de tissu blanc et trempé, taché et en lambeaux. Ses pieds nus s'écorchaient jusqu'à l'os. Ses bras étaient couverts de bleus et son arcade ouverte pissait le sang. Comment il faisait pour encore tenir debout j'en sais vraiment rien.

Je lui ai porté une serviette, du pain, le reste de café, et quand ses yeux ont croisé les miens ils étaient tout à fait vides, parfaitement inhumains.

— What happened ? j'ai demandé.

Je fixais ses pieds fissurés de partout, couverts de croûtes, de poussière et de boue. Il a répondu par petites phrases hachées, en se tenant les côtes. Il avait du mal à reprendre son souffle. Isabelle traduisait au fur et à mesure. Mais elle a eu beau faire, aucun des mots qu'elle a prononcés n'est venu se loger dans mon cerveau. Ou alors comme une balle.

— Les flics l'ont chopé dans un blockhaus. Ils l'ont massacré et puis ils l'ont emmené à vingt kilomètres d'ici et l'ont lâché dans un champ, sans chaussures ni vêtements.

— Il est rentré comment ?

— À pied. Personne l'a pris en stop tu penses bien.

— Mais pourquoi ils font ça ?

— Pour les décourager. Pour qu'ils s'en aillent d'eux-mêmes. C'est ça leur putain de méthode maintenant. Ils les gazent un bon coup, ils les tabassent, et puis ils les laissent pieds nus à cinquante bornes d'ici. Ou alors ils les envoient dans des centres, où on les tabasse pareil avant de les relâcher quasi à poil dans la banlieue d'Orléans, à Reims ou à Lyon. Tu veux bien t'occuper de ses pieds pendant que je lui cherche des vêtements ?

Il m'a suivie en boitant jusqu'à la pièce d'à côté. Je lui ai dit de s'asseoir. Il n'osait pas me regarder en face. Je ne savais pas trop ce que j'étais censée faire. Faute de mieux je lui ai tendu une bassine d'eau chaude et du savon.

– Your name? je lui ai demandé.

– Drago.

– Where are you from?

– Irak.

Il m'a répondu d'une voix rauque, engorgée, absente. Je me suis mise à genoux. Très doucement, j'ai commencé à passer un gant sur sa peau à vif. Sur les zones les plus sales j'ai dû frotter un peu. Il est resté stoïque, je ne sais pas comment il pouvait supporter ça. À peine a-t-il tressailli quand j'ai entrepris de désinfecter ses ampoules, ses écorchures, ses plaies. À plusieurs endroits le sang affleurait. J'ai tamponné à coups de coton et d'alcool. Quand tout m'a semblé propre, j'ai enroulé ses pieds dans des bandes de gaze. Je lui en ai tendu deux rouleaux, pour qu'il puisse les changer, le lendemain ou plus tard. Puis je me suis attaquée à son visage. Le sang continuait à pisser au-dessus de son œil. J'ai arrêté ça comme j'ai pu. J'ai vidé une bouteille entière d'eau oxygénée. J'y ai laissé un paquet complet de compresses. J'avais les doigts rouges. J'ai collé des pansements sur ses arcades, ses pommettes.

– Voilà, j'ai fait. Finish.

Isabelle est entrée et elle lui a tendu des chaussettes, des chaussures, une chemise et un blouson. Ses cheveux lâchés mangeaient la moitié de son visage, ses yeux cernés dévoraient l'autre, je la fixais et j'attendais quoi?

73

qu'elle me dise quelque chose? qu'elle juge mon travail?
un bon point, des félicitations, une caresse? Elle n'a rien
dit. Elle m'a juste fait signe de sortir, de le laisser seul
avec ses vêtements secs et ses pieds bandés.

La journée a filé si vite, je ne me suis pas rendu
compte. J'étais en train de trier un carton de vêtements
quand j'ai regardé l'heure. Un type venait d'en apporter
une dizaine, il avait organisé une collecte dans l'école de
ses enfants et, malgré l'opposition d'un ou deux parents
d'élèves, les résultats avaient dépassé ses espérances. On
a bavardé un moment, il avait les yeux étrangement
fiévreux, un regard exalté. Isabelle a fini par lui donner
congé.

– Si on commence à les écouter, tous ces gens, on
passe plus de temps à s'occuper d'eux que des réfugiés
tu comprends. Ils donnent mais c'est toujours pareil,
c'est comme si on leur devait quelque chose. Au fond ce
qu'ils attendent c'est qu'on leur dise que ce qu'ils font
c'est vraiment merveilleux, qu'ils sont merveilleusement
généreux et admirables.

Elle a dit ça et je n'ai pas su quoi en penser. Je me
suis contentée de hocher la tête et je me suis remise au
boulot. J'ai ouvert les cartons à grands coups de cutter:
c'était bourré de vieilles fripes rapiécées et de trucs un
peu sales et à moitié déformés.

Il était dix-sept heures passées. Les gamins devaient m'attendre depuis un bout de temps. J'ai tout laissé en plan, j'ai dit «je dois y aller, je finirai demain» et je suis sortie du centre comme une furie. Je me suis engouffrée dans la voiture, j'ai roulé à toute bringue jusqu'à l'école. Quand je suis arrivée, il n'y avait plus personne. La grille était fermée. La cour vide avec ses balançoires, son bac à sable, ses cages de hand et ses paniers de basket qui m'arrivaient au menton. Le gardien est venu à ma rencontre, je lui ai demandé si le petit Lucas et la petite Lise étaient restés à l'étude. Il m'a répondu non, leur père était venu les chercher. La directrice avait d'abord cherché à me joindre. En désespoir de cause elle avait fini par l'appeler.

Quand je suis rentrée, Lise était devant la télévision et sur l'écran, Nemo glissait dans le bleu. En tailleur, les genoux sous la table basse, Lucas faisait ses devoirs et je me suis demandé comment il arrivait à se concentrer avec toutes ces tortues hilares. Je suis restée un moment à les regarder en silence, la petite happée par les courants turquoise, le grand penché sur ses cahiers. J'aurais aussi bien pu disparaître. Tout aurait continué comme avant. Ça n'aurait fait aucune différence. C'est ce que je me suis dit alors, et bien sûr j'exagérais. Comme toujours j'en rajoutais, j'en faisais des tonnes à l'intérieur. Ils n'ont pas mis longtemps à s'apercevoir de ma présence, à se précipiter vers moi, à me sauter dans les bras à me couvrir de baisers, comme pour me faire mentir.

– Maman c'est trop génial, a fait Lucas. Léo va être vert, il ne les a pas encore ils viennent de sortir.

Je n'ai pas compris de quoi il parlait, je n'ai pas cherché à en savoir plus, ce qui me valait ces excès de tendresse. J'ai fermé les yeux et je me suis laissée faire. J'ai laissé cette chaleur fabuleuse me gonfler les veines et se propager jusqu'à me submerger, gronder sous chaque battement de mon cœur.

Ils ont fini par desserrer leur étreinte, par s'éloigner de moi. Ils me manquaient déjà. Pourtant ils étaient là, tout près de moi, quelques mètres à peine nous séparaient, quelques mètres cubes d'oxygène et de carbone. Je me suis demandé si c'était vraiment possible, de se manquer quand on était dans la même pièce. J'ai regardé autour de moi : le tapis était jonché de papiers colorés froissés, de rubans de carton, de scotch et les jouets couvraient la table basse. C'est là que j'ai compris. C'est là que ça m'est revenu. Lise a attrapé ses trois Barbies. Le pouce coincé dans la bouche elle s'est installée sur le canapé. Avec un peigne rose de poupée elle a entrepris de la coiffer. Elle lui arrachait les cheveux par poignées.

– Comme t'étais pas là, c'est papa qui est venu nous chercher avec son bus.

Un instant, je les ai imaginés tous les trois dans le bus

76

vide, lui au volant et les gosses à l'autre bout sur la banquette arrière. Je me suis dit qu'au fond ils avaient dû être fiers comme des papes.

— Ouais c'était trop cool, a fait Lucas.

Et puis il a disparu dans l'escalier, ses jeux à la main.

Je me suis demandé où Stéphane pouvait bien se planquer. Je suis entrée dans la cuisine et il était là, occupé à ramasser ce qui ne traînait qu'à peine. Il s'échinait à passer l'éponge sur un plan de travail impeccable. À ses gestes nerveux, à la raideur de ses épaules, j'ai vu qu'il m'en voulait. Je me suis approchée quand même. À pas de loup. Je l'ai enlacé tout doucement. Il s'est raidi, il était glacé. J'ai mordillé sa nuque. Il a soufflé comme un bœuf, excédé.

— Putain Marie, qu'est-ce qui t'a pris?

Il m'a repoussée et s'est retourné brusquement. Il avait des yeux de fou et me fixait en secouant la tête, avec cet air dur que je détestais chez lui. Ce putain d'air qui me rabaissait plus bas qu'un gosse déraisonnable. Même Lucas ou Lise quand il les engueulait il leur faisait pas ce genre de truc.

— J'avais envie de vous faire plaisir, c'est tout…

— C'est ça. Et tu crois que ça va leur faire plaisir à la banque de voir qu'on est déjà à découvert le 5 du mois? Et puis merde… T'as vu l'heure qu'il est?

77

Cette sensation de tomber en poussière soudain, de devenir liquide et de disparaître, d'être comme mangée de l'intérieur, tordue, mâchée, étranglée, essorée, vidée. Cette impression que tout devenait noir et froid tout à coup. La certitude que j'ai eu d'être vraiment seule au monde cette fois, abandonnée incapable et morte à l'intérieur.

Je l'ai planté là, je me suis effondrée sur le canapé. Lise a lâché ses poupées. C'était presque inquiétant cette façon qu'elle avait de tout sentir, de me fourrer son crâne sous le nez, de sucer son pouce en tortillant ses mèches, de coller sa joue contre ma poitrine ou dans mon cou, comme si ça pouvait changer quelque chose, comme si ça pouvait réparer quoi que ce soit. Stéphane est entré dans le salon et il nous a trouvés comme ça les cheveux emmêlés et nos baisers mouillés.

– Putain Lise quand est-ce que tu vas arrêter de sucer ton pouce, il a gueulé. C'est plus de ton âge, t'as l'air de quoi ? Et puis merde, tu veux finir avec une saloperie d'appareil dentaire. Hein ? C'est ça que tu veux ?

Je le détestais quand il explosait comme ça. Cette voix et ce teint rougi, ce regard à faire froid dans le dos, cette violence palpable, dans ses gestes, dans ses yeux : on aurait dit qu'il allait nous frapper. Il ne l'a jamais fait bien sûr, mais je crois que j'ai toujours senti ça en lui, cette possibilité. Comme chez la plupart des hommes. Je crois qu'au fond c'est à cause de ça, une part de moi les a toujours craints. Un peu comme ces chiens effrayants dont les maîtres nous assurent qu'ils sont doux comme des agneaux mais qu'on croise en frissonnant. Leurs muscles saillants sous le poil ras. Leurs crocs sous les babines retroussées et luisantes de bave.

Lise s'est mise à pleurer. J'ai failli l'imiter mais j'ai retenu mes larmes pour une fois. Je l'ai serrée fort contre moi. J'aurais voulu pouvoir faire comme elle. Me blottir contre ma maman, sucer mon pouce et triturer une mèche de mes cheveux, la faire claquer contre le tissu du canapé et m'endormir.

— Allez ma puce, on va prendre le bain.

Je l'ai emmenée à l'étage, je l'ai déshabillée, elle se tortillait comme un ver tandis que j'ôtais les nœuds de ses cheveux. Elle est partie chercher des jouets dans sa chambre. Elle faisait son choix méticuleusement, avec beaucoup de sérieux, selon des critères très précis, bien que obscurs. On aurait dit qu'elle préparait une véritable expédition. Elle a embarqué une tripotée de Playmobils et de figurines, un bateau rouge et bleu, et trois poissons qui remuaient la queue quand on en remontait le mécanisme. L'eau coulait à gros bouillons, j'en ai recueilli un peu dans le creux de ma main et j'ai trempé mon visage dans le tiède.

Lise est entrée avec tous ses trucs qui lui débordaient

des bras. J'ai embrassé son ventre et elle a tout lâché en riant de son rire de bébé, celui que j'aime plus que tout et qui se perd un peu plus à chaque minute. Assise au pied de la baignoire, je l'ai regardée jouer immergée jusqu'aux épaules. Petit Ours Brun, Papa Ours et Maman Ourse venaient d'embarquer sur leur navire, c'était la tempête et ils se noyaient, ils étaient morts mais après ils se réveillaient. J'ai repensé à la fois où elle m'avait demandé ce qui se passait après la mort. Si on finissait par se réveiller ou quoi. Je lui avais répondu que non, on se réveillait pas, qu'il y avait plus rien, que du noir et du vide. Qu'est-ce que je pouvais lui dire d'autre? Elle avait fondu en larmes. Des sanglots gros comme le poing, elle s'en étouffait presque, elle était inconsolable et terrifiée, elle répétait mais maman je vais pas mourir, hein, je vais me réveiller quand je serai morte hein? Et moi j'étais restée là devant elle sans rien dire. Je ne trouvais pas les mots pour qu'elle arrête de pleurer. Pour la calmer, je n'avais su que la serrer dans mes bras. Je n'étais pas plus avancée qu'elle au fond. Au bout d'un moment, épuisée, j'avais fini par lui lâcher toutes ces histoires comme quoi on ne pouvait pas vraiment savoir, que des tas de gens étaient persuadés qu'on se réveillait dans un autre monde ou alors dans une autre vie, transformé en caillou en fourmi ou en chat ou en limace. Le coup de la limace, ça l'avait bien fait rire. Le coup de la limace, ça m'avait sauvé l'affaire.

Tous les ours sont remontés sur la coque en plastique, ils ne perdaient rien pour attendre, une nouvelle tempête s'annonçait. Ce bateau je me souviens, on l'avait gagné à la fête foraine. C'était l'été et les manèges se dressaient tout près de la mer. De la grande roue par temps clair, on apercevait les côtes anglaises. Pendant que les garçons raflaient tout aux stands de tir, avec Lise on avait fait le tour des pêches aux canards, les lèvres en sucre et des bouts de barbe à papa dans les cheveux. À la descente des manèges avec Stéphane, on était livides, pâles comme des fantômes, on tenait à peine sur nos jambes. Lucas en avait pleuré de rire, avec Lise ils disaient qu'on avait l'air de vieillards.

– Allez mon ange, on va laver tes beaux cheveux.

– On t'a attendue ce midi, a fait Lise. Et puis on avait pas de tickets pour la cantine mais on a eu le droit quand même.

– Pourtant je vous l'avais dit que ce midi vous alliez à la cantine, non ?

– Non tu nous l'avais pas dit.

Le lendemain matin, je leur ai dit de bien se rappeler pour la cantine. J'ai demandé à Martine si elle pouvait les prendre après l'école et les garder jusqu'à mon retour. C'était la première fois que je lui demandais quelque chose. Elle a dit oui sans hésiter. Ça a même semblé lui faire plaisir.

— Tu seras où ? a fait Lise.

— Maman sort, j'ai répondu. Maman va voir une copine.

Lucas a paru surpris. Mais je crois qu'au fond ça lui plaisait de se dire que moi aussi j'avais des copines, comme les autres mamans. Que moi aussi je pouvais aller boire un verre avec une amie ou même au cinéma ou au restaurant. Je les ai regardés traverser la cour de l'école. Je n'ai pas attendu qu'ils rejoignent leur classe, je me suis mise en route.

Je suis arrivée trop tôt. Il n'y avait encore personne. Alors j'ai attendu. Devant la tente ouverte sur des rangées de tables vides j'ai attendu. Face à la mairie cramoisie, à la statue noircie couverte de fientes d'oiseaux, au manège incessant des voitures, leurs pneus chuintant sur l'asphalte, leurs pots fumants contaminant l'air âcre, face aux grilles du parc ses arbres nus, ses allées de gravier blanc ses bancs son étang opaque et noir, à la rue commerçante et quasi déserte j'ai attendu. Une heure ou plus, assise par terre, étrangement sereine, légère et impatiente, j'ai attendu. Josy m'a trouvée là et dès qu'elle m'a vue elle m'a souri. D'un sourire franc, éclatant, généreux elle m'a souri et m'a serrée dans ses bras à m'étouffer. Elle m'appelait sa petite, et sur mes joues elle a claqué deux bises sonores et chaudes, de vrais baisers de grand-mère le dimanche à la campagne, le gâteau dans le four et les guêpes au jardin, la vieille voiture bâchée près des gro-seilliers, le chien qui saute dans tous les sens et le tobog-gan rouillé. Je l'ai aidée à décharger sa camionnette et ensemble on a installé les réchauds, empilé les plateaux, les assiettes, retiré les couverts les gobelets les bouteilles d'eau de leur emballage plastique.

– T'as pu te libérer, alors ?

J'ai tout de suite reconnu sa voix. Je me suis retournée avec mes dix baguettes de pain dans les bras, elle flottait dans sa chemise de laine à carreaux, on aurait dit une enfant déguisée, une gamine qui essaie les vêtements de son père et se trace une moustache au crayon noir. Une mèche coincée entre les lèvres, elle semblait à la fois contente et surprise de me voir.

— Me libérer de quoi? j'ai demandé.

— Ben je sais pas, ton boulot. Ce que tu fais d'habitude.

— Oh moi, d'habitude, je fais rien. Enfin je veux dire, rien de spécial.

— Tu travailles pas?

Elle m'a fait signe de la suivre. Je lui ai emboîté le pas jusqu'à sa voiture. À l'intérieur c'était un vrai foutoir, le coffre était bourré de bouffe et de couvertures, de sacs de vêtements et de paquets de tracts tenus par des élastiques. Sur la banquette arrière, deux marmites énormes étaient fermées par un couvercle gris acier. Elle m'en a collé une entre les mains. Elle a pris l'autre et sa bouche s'est tordue dans l'effort.

— Moi non plus je ne travaille pas, elle a soufflé. Enfin plus. Je suis au RMI. Tiens, pose ça là.

Josy a allumé les réchauds à gaz et on a regardé la soupe frémir tandis que l'odeur de légumes bouillis emplissait peu à peu l'espace. Cette odeur j'aurais pu la reconnaître entre mille, c'était la même exactement que chez maman. Ça faisait trois ans qu'elle vivait dans cette résidence, depuis la mort de papa en fait, et tout sentait la soupe là-dedans. Les murs le sol les meubles et la cage d'ascenseur. Tout puait le vieux, la solitude, la

décrépitude, l'ennui et la mort. Même dans son appartement, ça sentait, ça prenait et envahissait tout, ça imbi-
bait les rideaux, les draps, les napperons, les placards.
Pourtant de la soupe elle n'en faisait jamais. Les légumes
elle pouvait de moins en moins les éplucher, à cause de
son début d'arthrose, et maintenant qu'elle était seule
à quoi bon, elle se contentait d'une tranche de jambon
à midi, d'une tartine de confiture le soir et c'était bien
suffisant.

Avec Isabelle, on s'est mises aux plateaux. La moitié
des pommes étaient abîmées il a fallu faire le tri, et le
pain partait en miettes quand on le coupait. Il était sec et
fade, une saveur d'eau. Devant la tente, une petite queue
s'était formée, ils faisaient les cent pas frigorifiés. On s'est
dépêchées pour les faire entrer un peu plus tôt, cette
nuit-là le froid était tombé d'un coup, s'était abattu sans
qu'on n'y puisse rien. À part maintenir la tente fermée,
on n'avait rien à proposer. Ils ont commencé à s'asseoir
en soufflant sur leurs doigts rougis. Il faisait à peine plus
chaud dedans qu'à l'extérieur mais dans la hiérarchie du
pire on se contente de peu tout le monde sait ça.

Les types s'installaient le plus loin possible les uns
des autres, on aurait dit qu'ils s'étaient tous engueulés
la veille. Ils mangeaient en silence collés à leur assiette. Je
me suis rapprochée du réchaud, j'avais froid moi aussi.
J'ai passé les mains à l'intérieur de mon pull, les ai calées

sous les aisselles où c'est bien chaud et j'ai grelotté en attendant la suite.

— En général ils arrivent tous en même temps, comme s'ils venaient ensemble ou qu'ils s'étaient passé le mot, a fait Isabelle.

Elle me fixait avec une intensité bizarre, un mélange de curiosité et de méfiance. Je crois qu'elle me jaugeait, qu'elle se demandait qui j'étais et ce que je foutais là. Moi-même si on m'avait posé la question, je n'aurais pas su répondre.

— Tu sais ici, c'est pas un centre aéré pour les femmes au foyer qui s'emmerdent. Faut savoir dans quoi tu mets les pieds.

Je n'ai rien répondu, j'ai gardé les yeux rivés à l'entrée de la tente, des deux côtés de la fente le tissu battait et laissait entrevoir la rue assombrie par les nuages, les voitures autour du rond-point et la statue que personne ne voyait plus, à part les rares touristes en été, à part les Anglais qui s'attardaient avant de rentrer chez eux. Je les ai vus arriver, par petits groupes, voûtés, abattus, décharnés ils avançaient, la cigarette coincée entre les dents, les yeux mi-clos et faméliques, un foutu cortège de cauchemar, de misère, et d'exil.

À l'abri de rien, dans la pénombre de la toile close, noyés dans le boucan des voix, des couverts et des chaises tirées au sol, ils étaient combien ? cinquante ? quatre-vingts ? cent ? plus encore ? Suffisamment nombreux en tout cas pour qu'on se retrouve débordées Isabelle, Josy et moi, avec nos kilos de pommes de terre, de carottes et de navets à éplucher, nos litres d'eau à faire bouillir, nos dizaines de baguettes à trancher. Leila est arrivée, essouf-flée et le nez rouge. C'était une fille très fine et terrible-ment nerveuse, grands yeux noirs et débit de mitraillette. Sur la poche de sa veste en jean elle avait accroché un petit drapeau algérien. On l'a aidée à décharger sa voiture, elle venait de récupérer des chauffages à gaz au Bar de la Plage. Le patron était un ami, il ne s'en servait qu'au printemps, pour la terrasse face à la mer, quand le soleil commençait à percer. Il y en avait quatre et c'était dérisoire, mais quand on a tout allumé, que les flammes bleues se sont mises à bruisser, une rumeur a parcouru l'assemblée, un soupir gros comme une vague.

Dans la tente, ça a continué d'affluer on n'en voyait pas le bout, il y avait même cinq ou six femmes avec leurs gosses, des gamins pouilleux qu'on pouvait pas regarder en face sans se laisser gagner par la colère.

La pluie s'est abattue d'un coup, des torrents de grêle. Personne n'a semblé s'en émouvoir. C'était si courant, même eux commençaient à s'habituer. Ça tombait serré comme une pelletée de gravier, une charrette de glaçons. Ça vous lacérait la peau. On pouvait même finir par trouver ça agréable, comme un gant de crin, la lanière d'un fouet. Le déluge a duré au moins une heure, un truc de fin du monde, j'ai cru que la toile allait céder. Ils se sont contentés de hausser la voix et leurs conversations sommaires et lasses ont continué à tourner et à se fondre en une bouillie de voix étouffées. J'ai fermé les yeux. En ne se fiant qu'à la rumeur on aurait pu se croire dans une foire. Dans le hall des expositions ou ailleurs. Un salon du vin ou de l'automobile, de l'ameublement du tourisme ou même la grande braderie à Lille. Clara et moi les week-ends on y faisait l'hôtesse, des journées entières à sourire en tailleur gris sombre et chemisier blanc transparent, nos jambes trop pâles sous le cru des éclairages, nos chaussures noires et vernies qui nous flanquaient des ampoules, nos cheveux sages et tirés en arrière, coiffées impeccable, maquillées comme des mémères. Les vieux nous draguaient, ils voulaient nous payer des verres, certains sentaient la bière d'autres juste la sueur, il fallait les écouter, surtout ne pas les envoyer chier, garder nos sourires coincés de filles modèles, tendre nos saloperies de prospectus et répondre aux questions toujours les mêmes : et combien ça coûte et les toilettes où elles sont ? Le soir, lessivées, flinguées, à l'Albatros on y allait quand même, claquer le peu qu'on avait gagné en mojitos, en vodkas-orange en gin fizz, repassées chez nous en coup de vent on avait remis le rouge aux lèvres le mauve aux yeux les paillettes, le jean serré la ceinture à grosse boucle le petit haut flashy, lâché nos cheveux soigné nos ampoules, la nuit finissait toujours à l'arrière des voitures à boire des bières avec la techno à fond et les mains d'un garçon sur notre peau en sueur.

— Tiens, vous avez vu ça ?

Leila nous a tendu son *Libé* et soudain je suis revenue au monde réel. Ça parlait du type qui hébergeait les réfugiés. De son procès. Des associations, de la pétition, de l'opposition et tout le bordel. Il y avait aussi une interview du ministre de l'Intérieur, on le voyait sur la photo avec son sourire de reptile, son visage crispé penché vers l'épaule, comme s'il voulait se gratter l'oreille avec.

— Fais gaffe, a dit Leila, et elle a fixé Isabelle d'un air entendu.

Je crois que c'est à ce moment-là. Je crois que c'est là que j'ai compris. Ce qu'elle fabriquait vraiment. Qu'elle ne se contentait pas de tenir la soupe ni de gérer le centre d'aide, ni même de monter au créneau avec son association à coups de manifs de tracts et tout le reste.

— Qu'est-ce que tu veux qu'on fasse, elle a répondu. Ils nous laissent pas le choix, hein ?

Et d'un geste de la main, elle a désigné les tablées rompues, ravagées. Pour la plupart ils avaient terminé leur repas, ils fumaient des cigarettes les yeux dans le vide. Ils s'attardaient à cause du froid et de la grêle. Ils étaient vraiment nombreux maintenant, facilement le double d'hier, et il continuait à en venir, d'où ils pouvaient bien sortir on n'en savait rien.

Quand les flics ont débarqué, personne n'a été surpris, ni les types ni Isabelle, ça semblait dans l'ordre des choses. Ils se sont dirigés vers nous sans un regard pour les réfugiés, ils nous parlaient comme à des gosses en mâchant leurs chewing-gums, il fallait en faire sortir une vingtaine immédiatement, par mesure de sécurité, sans quoi ils allaient tout fermer. La mort dans l'âme, on a dû se résigner à passer de table en table. Ceux qui avaient fini de manger, on leur a demandé de boire leur café dehors. Ils ont gueulé un peu, mais c'était surtout après les flics qu'ils en avaient. Au moment de quitter la tente ils passaient tout près d'eux et crachaient à leurs pieds ou juraient dans leur langue. Les flics ne bronchaient pas, je les regardais et je ne pouvais pas m'empêcher de penser que sous leur petit costume c'étaient juste des gamins, ils avaient dans les vingt ans pas tellement plus, des sales gosses qui jouaient à la police et rien d'autre.

Une vingtaine de réfugiés sont sortis et presque autant sont rentrés juste après, ça continuait de défiler ça semblait ne jamais devoir s'arrêter. Jamais je n'aurais imaginé qu'ils pouvaient être autant, ces types. Qui l'aurait pu?

Pour la plupart, on ne les voyait jamais, ou alors seulement quand il faisait froid comme aujourd'hui. Ils mangeaient et ils repartaient, ne venaient se faire soigner que quand ça devenait trop dur. Quand leurs dents les faisaient trop souffrir ou que leur peau se barrait en lambeaux. Le reste du temps ils se planquaient du matin jusqu'au soir, personne ne savait à quoi ils occupaient leurs journées. Ils ne sortaient que la nuit, on les devinait le long des routes, ils marchaient par petits groupes avec leurs sacs plastique à la main, leurs bonnets enfoncés jusqu'aux yeux, leurs capuches.

– Pourquoi tu crois qu'ils l'avaient ouvert ce putain de centre à la Croix-Rouge ? Y en a des centaines, Marie.

Je n'ai pas répondu. Qu'est-ce que j'aurais pu dire ? Jamais je n'avais réfléchi à ces choses.

Un peu avant deux heures, Josy m'a annoncé qu'on allait fermer.

– Me regarde pas comme ça, elle a fait. J'y peux rien. Après quatorze heures on est hors la loi. Tu sers ces deux-là et on remballe.

Elle s'est dirigée vers l'entrée. Des retardataires s'approchaient. Bien campée sur ses deux jambes, solide et le dos très droit, la poitrine imposante, elle leur a fait signe de repartir. Un vigile plus vrai que nature.

J'ai rempli mes deux derniers bols, posé mes deux

derniers morceaux de pain mes deux dernières pommes sur deux plateaux rafistolés au gros scotch, j'effectuais ces gestes avec tellement d'application et de concentration, je crois que pour moi ils revêtaient une signification secrète, un sens caché. Quelque chose de grave, de crucial, de sacré. J'ai relevé la tête et Drago se tenait devant moi. Avec son air d'adolescent mal grandi, son visage émacié, sa peau fine comme du papier sur les pommettes saillantes, le front, la mâchoire, il semblait bourré de vie, de sang, d'énergie, d'avenir, on lui aurait donné les clés du monde. Il m'a montré ses pieds en grimaçant.

– Ça fait encore mal ?

Il a acquiescé et m'a désigné un des flics à l'entrée, un type blond, rougeaud et poupon, coupé ras. Je l'ai fixé un moment. Je n'étais pas sûre mais il s'appelait comment déjà ? Bruno ? Christophe ? Damien ? Impossible de me rappeler. Par contre, son visage suant, son regard mauvais, son haleine et sa respiration au lycée quand il nous coinçait dans les chiottes avec ses potes, ça je m'en souvenais. Ils nous massacraient les cheveux et nous tordaient les bras en glissant des mots dégueulasses à nos oreilles. Ne daignaient nous relâcher qu'une fois consenti un baiser lèvres closes et dents serrées. Qu'une fois dévoilés un bout de soutien-gorge, un millimètre de culotte. Avec les filles on relevait nos jupes en un souffle. Après ça on les avait laissées au placard, on ne les avait plus mises que pour sortir. À l'école on n'y allait plus que protégées de ces porcs par l'armure de nos jeans rapiécés, déchirés puis recousus, bardés de pièces de tissu coloré, d'étoffes et de franges, de foulards noués au-dessus du genou. Ils étaient cinq ou six, une poignée, je les croisais de temps à autre, ils baissaient les yeux et rougissaient en me voyant. Ils avaient mal vieilli, leurs ventres tendaient leurs tee-shirts déformés, pour la plupart ils pointaient aux Assedic ou bien ils bossaient comme agents de sécurité, manœuvres ou manutentionnaires, ça dépendait des moments, de ce qu'avait à leur filer l'agence d'intérim.

– C'est lui ? j'ai demandé.

Drago a hoché la tête, et un long frisson de dégoût m'a parcouru l'échine. Il s'est contenté de hausser les épaules. Au fond il s'en foutait, ce type ou un autre c'était pareil. En boitant il a rejoint un groupe d'hommes plus vieux que lui, s'est attablé à leurs côtés leur a tapé dans le dos, s'est mis à manger sa soupe en se marrant pour des trucs que je ne pouvais pas comprendre.

Après lui ça a été fini, j'ai enfin pu m'asseoir. Je me suis allumé une cigarette, Isabelle et Josy ont fait pareil et on s'est retrouvées toutes les trois côte à côte à souffler la fumée en longs rubans, on ne parlait pas on fermait les yeux on était ailleurs je crois, bercées par ces voix qui se mêlaient et faisaient un bruit étrange, une rumeur liquide et épaisse. Soudain ça s'est mis à hurler. J'ai entendu le fracas d'une table renversée, des bruits de chaises, de couverts, des coups, des éclats. On s'est précipitées et ce qu'on a vu, c'était une putain de boucherie, un groupe de Pakistanais s'acharnait sur deux Soudanais, les pauvres types étaient au sol au milieu des débris de vaisselle, leurs visages dans la soupe, pliés en deux et la respiration coupée par les coups de pied que les autres leur filaient. Josy s'est dirigée vers les flics, je l'ai entendue les supplier d'intervenir, ils se sont contentés de sourire en disant que c'étaient pas leurs oignons, s'ils s'estropiaient entre eux c'était toujours ça de pris, ça leur faisait autant de boulot en moins. J'ai regardé Isabelle, j'ai bien vu qu'elle hésitait à s'interposer, je l'ai tenue par le bras pour pas qu'elle y aille, avec son mètre soixante et ses quarante kilos, elle se serait fait écraser comme une mouche. Les Pakistanais ont fini par les lâcher. Ils ont regagné leurs tables comme si de rien n'était, sous une poignée d'applaudissements. Je n'avais aucune idée de ce qui s'était passé. Tout ce que je savais c'est que sous nos yeux les deux Noirs vomissaient leurs tripes et qu'il fallait les soigner. On s'est penchées sur eux, sur leurs visages ensanglantés, leurs nez éclatés, leurs arcades défoncées. Ils essayaient de reprendre leur souffle, crachaient leurs poumons et le reste. Deux Afghans se sont approchés et nous ont aidées à les relever mais on a eu beau insister, jamais ils n'ont voulu nous suivre jusqu'à la camionnette. On les a regardés quitter la tente en boitant, où ils allaient comme ça on n'en savait rien. Après ça tout est redevenu normal, on aurait dit que rien n'avait eu lieu. Jusqu'au départ des flics. Ils ont gagné la sortie et ça s'est mis à monter les huées, les cris les sifflets, les insultes en français, enculés bâtards pourris salauds fils de pute. Juste avant de disparaître, le blond s'est retourné et leur a adressé un majeur tendu vers le ciel. Son air dégueulasse et satisfait, son regard de porc repu, cette fois j'ai été sûre de les avoir reconnus.

L'après-midi, personne n'est venu au centre d'aide. Juste Isabelle et moi, ses regards défaits ses ongles rongés et les petites peaux mangées avalées tout autour, jaunies par les Lucky.

— C'est à cause de ce temps de chien dehors, elle a fait. Ils mangent et après ils retournent à l'abri dans leurs chalets, leurs blockhaus, dans les magasins ou à la gare. Ils ne viendront pas jusqu'ici à pied…

Pas un instant elle ne cessait d'y penser à ces types, à leur vie, à leur situation, pas un instant elle ne sortait du sujet. Elle avait fermé les yeux en disant ça, ses épaules s'étaient soulevées puis relâchées d'un coup, une marionnette dont on aurait coupé les fils. Je n'ai pas su quoi dire, elle semblait si abattue, découragée. Elle semblait tellement affectée, tellement blessée, alors que moi je pensais à autre chose, à Clara, au passé. À la radio ils passaient un vieux Madonna et Clara avait tapissé les murs de sa chambre de ses posters. Il y en avait des tas, le papier peint en était presque recouvert. Dessus on la voyait brune ou blonde platine, un crucifix entre les seins gonflés et armés d'obus métalliques. Je crois que papa les trouvait vulgaires, que ça le choquait, mais il n'a jamais osé rien dire. Il ne disait jamais rien de toute façon. J'ai repensé au train pour Paris, aux heures à attendre devant le Palais Omnisport de Bercy, aux heures à l'intérieur avant que ça commence, au concert dont je n'avais gardé aucun souvenir à part la sensation de la foule, les lumières aveuglantes et les fumées. J'ai repensé à cette nuit passée sans dormir dans l'appartement du copain d'un copain d'un copain, une chambre minuscule sous les toits près du périphérique, dans un immeuble aux murs lépreux, douze mètre carrés et on était huit là-dedans, serrés sur la moquette à fumer des joints à boire des litres de tequila, à embrasser des bouches dont on ne savait plus vraiment à qui elles appartenaient. Dans le train du retour Clara avait vomi et on était si heureuses alors.

— Ce soir il va y avoir du boulot, a fait Isabelle.

— Ce soir ?

— Marie, je peux te confier quelque chose ?

Elle a pris une voix tellement sérieuse à cet instant. J'ai

su que c'était le moment. J'ai su que quelque chose allait se passer. J'étais comme une adolescente qui s'apprête à échanger son sang avec sa meilleure amie, ce genre de chose, j'étais dans cet état exactement.

– Tu le répètes à personne, hein, elle a dit. À personne tu m'entends.

J'ai hoché la tête mais j'ai bien vu qu'elle hésitait. Elle devait se dire que j'étais décidément trop bizarre avec mes yeux brillants et pleins de cette attente étrange et impossible à rassasier. J'ignore ce qui l'a convaincue de finir sa phrase. De m'accorder ainsi sa confiance. Je devine qu'elle n'avait pas le choix de toute manière. Qu'elle avait besoin de quelqu'un ce soir-là. Et que ce quelqu'un aurait tout aussi bien pu être un autre. Mais c'était moi qu'elle avait sous la main, que ça lui plaise ou non. Et ça me suffisait largement. Qu'elle puisse avoir besoin de moi, que ma présence quelque part auprès d'elle puisse faire une différence me comblait parfaitement.

– Bon, tu sais ce qui s'est passé pour ce type dans le journal, Bernard?

– Oui, j'ai vu...

– Ben moi je fais pareil. Chaque soir, j'ai six réfugiés à la maison. Ça peut monter à neuf ou dix quand il gèle vraiment trop ou qu'il pleut. Je leur prépare à manger, ils se lavent, ils passent la soirée au chaud, et ils dorment sur des matelas confortables. Au matin je leur sers le petit déjeuner et ouste.

J'ai dit d'accord. Je n'ai pas réfléchi ni hésité une seule seconde. J'ai dit bon d'accord, je viendrai t'aider ce soir, je viendrai chez toi faire le repas, préparer leurs lits et tout. Elle m'a regardé avec une telle intensité alors, rien que pour ça j'ai su que j'avais bien fait. Elle a pris mes mains dans les siennes, j'aurais voulu me soustraire à ses yeux que je n'aurais pas pu c'était impossible, ils plongeaient si profond à l'intérieur j'en ai frissonné. À ce moment précis je me souviens d'avoir pensé : cette femme et moi quelque chose nous lie d'indéfinissable, on ne se connaît pas mais c'est comme si on se connaissait depuis la nuit des temps.

– T'es une fille bien, elle a fait. Je sais pas qui t'es mais t'es quelqu'un de bien.

Ces mots, elle les a prononcés lentement à voix si basse, c'était comme un cadeau qu'elle me faisait. Puis elle s'est levée et elle a quitté la pièce. Dans le bureau, elle s'est mise à passer des tas de coups de fil. Je n'entendais qu'un mot sur deux mais pour l'essentiel il était question d'une manifestation et de la pétition pour Bernard. Je suis restée un moment à l'écouter sans rien faire, elle s'agitait elle haussait la voix elle remuait des montagnes, elle était frêle et cassée, on voyait bien qu'elle s'épuisait pour rien, que c'était foutu d'avance mais c'était beau, la conviction et l'énergie qu'elle y mettait.

J'ai regardé l'heure. Il était quinze heures on était mardi. J'avais promis à ma mère de passer la voir, comme tous les mardis.

– Isabelle? j'ai dit. Je reviens, je vais faire un tour…

Je suis sortie du centre et la lumière m'a éblouie. La ville dégoulinait de partout et brillait comme un capot de voiture neuve.

La résidence était planquée au milieu d'arbres immenses et déplumés. À leurs pieds dans la boue, des feuilles marron rouge se décomposaient. Je me suis garée sur le parking visiteurs. J'ai sonné et comme toujours la porte est restée close, laissant seulement passer un trait de lumière, le son d'un téléviseur. Je suis entrée et sur son dessus-de-lit en crochet, maman dormait les bras en croix. Elle ronflait comme un camionneur. Je l'ai contemplée un bon moment. Dans le fond, elle était toujours aussi belle. Juste un peu fanée. Comme légèrement trop vieille pour son âge. Comme ayant décidé de l'être avant l'heure. Depuis la mort de papa, je ne la voyais plus porter que des affreuses blouses de mémère, bleues avec des fleurettes mauves, elle que j'avais toujours connue tirée à quatre épingles. Elle avait aussi coupé ses beaux cheveux et ne prenait plus la peine de les teindre.

Je me suis assise à la table, j'ai pris le *Télé Star* qui traînait et je l'ai parcouru sans m'arrêter sur rien. Par la fenêtre derrière les branches, on voyait les champs qui se perdaient à l'horizon et le ciel découpé en bandes grises et blanches. J'ai entrouvert la baie vitrée pour sentir l'odeur de terre mouillée, m'échapper un peu du parfum de soupe, d'eau de Cologne et de désinfectant qui flottait dans le studio.

– Clara?

Je me suis retournée et maman sortait des brumes, elle avait chaussé ses lunettes et promenait ses yeux autour d'elle. La table en bois verni, l'armoire immense qu'elle avait absolument tenu à garder alors qu'elle prenait la moitié de la pièce, la chaise où elle posait ses vêtements, le miroir et les rideaux de velours qui séparaient le salon de la chambre, on aurait dit qu'elle voyait tout ça pour la première fois. Je me suis approchée du lit. J'ai préféré ne pas penser à ce que ça me faisait qu'elle m'appelle comme ça, ni de la voir si fragile et déchue ma maman chérie, à même pas soixante ans, elle que j'avais connue si forte, énergique, se relevant de tout et du pire, donnant le change, courageuse et têtue, comme imperméable aux douleurs, à la maladie, aux soucis. Tout avait semblé glisser sur elle comme à la surface d'un roc, d'une pierre lisse, d'un serpent. Tout, jusqu'à la mort de papa. Tout même si c'était faux, même si bien sûr en mourant Clara avait emporté un morceau d'elle-même, l'avait amputée d'une bonne moitié de sa propre vie. Non, je n'ai pas pensé à tous ces trucs, j'ai embrassé sa joue molle et j'ai juste dit « salut maman ».

– Ah c'est toi ma chérie ? Excuse-moi.

– C'est pas grave, maman. C'est pas grave.

Elle avait dû faire un de ces rêves qui lui étaient coutumiers, lui semblaient toujours plus réels que sa vie même et la laissaient hagarde au réveil, déçue et interdite. Elle s'y retrouvait des années en arrière, dans notre appartement face à la Manche et Clara n'était pas morte, elle passait d'une pièce à l'autre sans cesser de parler, elle s'agitait sans raison et laissait dans son sillage un doux parfum de vanille et de sucre cuit. Papa était planqué dans sa cuisine, à lever les filets de je ne sais quel poisson, rapporté par un de ses potes pêcheurs avec qui il buvait parfois une bière sur les quais, leurs mains aussi épaisses que leur accent, leur peau rougie et tannée par le sel.

Je me suis levée et sur le buffet d'acajou, entre les compotiers en cristal, les napperons de dentelle, les cartes postales et sa collection de tortues en porcelaine, trônait le cube photo. Je le lui avais offert quand j'étais gamine, pour un anniversaire un Noël, une fête des Mères. J'ai pensé qu'à peu de chose près toute sa vie était consignée là, à peine moins épaisse et fournie que la réalité, une vie minuscule et vaillante, discrète et obstinée. Une vie vouée à son mari, à ses enfants, une vie passée à essayer d'être quelqu'un de bien. Ni plus, ni moins. Quelqu'un de bien. Si ça veut dire quelque chose.

Machinalement, je l'ai tourné entre mes mains, j'ai regardé chaque cliché, elle et son frère gamins, ses parents dans le sépia, le mariage un peu raides devant l'église, les photos où nous étions tous les quatre, sur la plage ou en vacances avec la tente, dans les Landes ou en Bretagne, Crozon, le Raz et la pointe de la Torche.

– Je vais devoir y aller maman. Je repasserai ce week-end avec les petits. On viendra te prendre et on ira se balader si ça te dit. C'est bon ? T'as besoin de rien de particulier ?

– De quoi veux-tu que j'aie besoin ? J'ai à manger. J'ai ma télé. Hier le voisin m'a fait des frites…

Je l'ai embrassée sur le front. Dehors le froid m'a paru plus cru encore. J'ai jeté un œil à sa fenêtre au quatrième étage, elle était postée derrière. Je lui ai fait un signe de la main. Je crois qu'elle ne m'a pas vue, qu'elle regardait ailleurs. Elle ne m'a pas répondu.

Quand je suis revenue au centre d'aide, Isabelle était sur le départ.

– Je pensais pas que tu reviendrais, elle a fait. Je pensais que tu avais dit oui pour me faire plaisir et que t'allais disparaître comme t'es venue. Remarque, j'aurais compris, tu sais.

Elle est montée dans sa voiture et je l'ai suivie. Sous la pluie, les phares de son Kangoo se faisaient troubles, de temps en temps je les perdais de vue, puis ils réapparaissaient au détour d'une rue. J'ai monté le chauffage et le souffle a couvert un peu la musique, diffusé son bruit rassurant d'hiver. J'ai pensé à Stéphane, je l'avais appelé pour le prévenir, il était au volant de son bus et je l'entendais mal. De sa voix inquiète il avait lâché : comment ça tu sors ce soir ? Je me souviens de m'être dit qu'au fond il rêvait de moi enchaînée. Fragile et muette. Une poupée. Au fond, tous les hommes étaient ainsi. Tous les hommes rêvaient d'une femme à cajoler et rien d'autre, d'une femme comme une enfant qu'on protège. Voilà ce que je m'étais dit au moment de rac-crocher.

— Et elle s'appelle comment cette copine?

— Isabelle. Isabelle Lallemant.

D'abord il y avait eu un drôle de silence au bout du fil, un silence indéchiffrable. Et puis il avait fini par me dire de lui passer le bonjour, ils étaient ensemble au lycée et dans son ton j'avais senti un mélange acide de méfiance et d'ironie, de condescendance et de mépris. Immédiatement après j'avais dû le rappeler, j'avais oublié de le prévenir pour les enfants, ils étaient chez Martine.

Cette fois je l'avais bel et bien perdue. La pluie redoublait je ne voyais plus rien. Je me suis garée sur le bas-côté le temps que ça se calme mais ça ne s'est pas calmé, à force on va croire que j'exagère, que ça n'arrive jamais dans ce coin, des jours où il ne pleut pas. Pourtant c'est faux. Ça change tout le temps par chez nous, d'une minute à l'autre ça peut changer. Papa disait toujours que j'étais un ciel de mer du Nord. Versatile. Impré-visible. Capable de passer en un clin d'œil du rire aux larmes, du gris charbon au bleu azur. Lui c'était tout le contraire : d'un calme imperturbable, d'une humeur égale, il ne s'exprimait qu'à mots comptés et à voix basse. Même les derniers temps quand la maladie l'emportait et que je le voyais si faible et souriant, on aurait dit qu'il consentait à tout ça, qu'un cancer le ronge ou autre chose. Il semblait consentir à tout, s'y abandonner, laisser venir ce qui devait arriver. Je me suis toujours demandé comment il pouvait bien être en dehors de la maison, au boulot ou au café, avec ses amis et ses collègues, à la pétanque le samedi après-midi. S'il lui arrivait de se départir de cette douceur et de cette discrétion. Chez nous il se contentait de passer d'une pièce à l'autre, de nous couver de regards aimants et tendres, comme si nous étions les huitièmes merveilles du monde. Je le revois fumer ses cigarettes brunes d'un air rêveur, lire le journal dans le canapé du salon, ou bien contempler l'horizon par la fenêtre de la cuisine, les yeux plissés, une tasse de café refroidi entre les mains. Qui était-il au fond ? Que cachait-il sous ces couches de silence, la bonté de son regard ? Je n'ai jamais su. On ne sait jamais de toute manière. Jamais rien de personne. Du fond des choses à l'intérieur de chacun. Tout n'est toujours que surfaces, orées, lisières.

J'ai regardé l'adresse, j'ai baissé la vitre et la pluie m'a griffée au visage. Sur le trottoir un type marchait plié en deux. Il essayait de se protéger mais ça ne servait à rien, il était trempé des pieds à la tête. J'ai baissé la vitre et je lui ai demandé si par hasard il connaissait la rue des Châtaigniers. J'ai dû hurler pour me faire entendre. Il a dit oui, que c'était là qu'il allait justement, que c'était sur son chemin. Je l'ai l'embarqué, il sentait le chien mouillé, il dégoulinait de partout et n'arrêtait pas de renifler, j'ai eu envie de le remettre sur le trottoir aussi sec. Sa voix m'a guidée dans les rues humides, anonymes et noires, des coins de la ville où je n'avais jamais mis les pieds. À un moment, on a croisé un réfugié. Il portait une grande cape vert chasseur par-dessus la tête. À la place du mort, le type s'est mis à secouer la tête et à soupirer.

– Je comprends pas pourquoi on renvoie pas tous ces gens dans leur pays, il a fait. Les Anglais n'en veulent pas, nous non plus et de toute façon ils ont pas envie de rester ici. Ça n'a pas de sens de les laisser s'amasser là… Voilà. Allée des Châtaigniers. C'est là.

La maison était petite et tout en longueur, avec un jardin trempé et un tas de trucs qui traînaient près de la balançoire rouillée. Des parpaings des bidons, une brouette rouillée elle aussi et des rondins de bois, des pneus et quatre vélos démantibulés au pied d'un sapin. Le type s'est éloigné, j'ai détesté lui serrer la main, la manière qu'il a eue de caresser la mienne, avec cette mollesse languide qui m'a filé envie de vomir. J'ai frappé mais personne n'a répondu. On entrait par la cuisine. C'était sombre et vieux là-dedans, avec le genre de meubles qu'avaient mes grands-parents quand j'étais gosse. Dans le salon, une grande table en bois creusé de nœuds, de rainures, prenait tout l'espace. Des chaises de paille. Au fond de la pièce, des matelas miteux s'empilaient jusqu'au lustre ou presque. J'ai fait le tour de la pièce, il s'en dégageait une atmosphère étrange, tout y était en désordre et pourtant on aurait pu croire que personne n'habitait là depuis des siècles. Sur le buffet en chêne, une dizaine de photos montraient un type chevelu, un peu gras, et un gamin aux yeux brillants. On les voyait à vélo ou à la plage, dans le jardin devant le barbecue, leurs casquettes de base-ball vissées sur le crâne.

– Alors tu m'as retrouvée?

Je me suis retournée et dans l'encadrement de la porte Isabelle fumait en peignoir blanc. Des taches de son piquetaient le haut de ses seins. Une serviette couvrait son crâne et un beau sourire barrait son visage.

– C'est qui sur les photos? j'ai demandé.

– C'est personne, elle a répondu, et elle a disparu en un éclair.

Je me suis assise en l'attendant. Ça sentait la poussière et le tabac froid. Dans son cube en plexiglas, le type barbu me fixait de ses yeux bleu-gris enfoncés profond dans les orbites. Même perdus au milieu de la masse de son visage couvert de barbe, ils avaient quelque chose d'inquiétant. Il avait beau sourire et faire le clown devant sa canne à pêche et la rivière en arrière-plan, grimper au sommet des brise-lames ou tenir son fils à l'horizontale dans la position de l'avion, son regard me faisait froid dans le dos. Quelque chose d'un chien-loup, d'un husky. Le gamin quant à lui n'était pas vraiment beau, mais il avait je ne sais quoi qui donnait immédiatement envie de s'intéresser à lui, de lui poser des questions et de le chatouiller un peu. Du moins c'est l'impression qu'il m'a faite, là, sur ces clichés que je n'arrivais pas à quitter du regard. Isabelle a réapparu, les cheveux secs et vêtue d'un tee-shirt, un pull écru à la main. J'ai dû m'attarder un peu trop sur les photos. Elle a posé des bouteilles sur la table, rempli deux verres de Martini et on a bu sans se regarder.

– Jeff était routier, elle a dit d'une voix sourde et voilée, presque inaudible. Ça faisait longtemps qu'ils en rêvaient tous les deux, il l'a pris dans son camion, ils étaient tellement contents. La musique à fond et les arrêts dans les stations, la nuit sur la banquette et tout le reste.

Elle a vidé son verre et sa phrase est restée en suspens, inachevée dans le silence de la pièce. Elle a levé les yeux vers moi, deux billes de verre, deux boules de larmes translucides. Elle m'a fait signe de la suivre. En haut des escaliers, elle a poussé une porte. Derrière c'était une chambre d'enfant et c'était à peine supportable d'entrer là-dedans. On voyait bien que rien n'avait changé depuis des années, que tout était resté pareil. Les jouets du gosse et son lit de pin clair, les bandes dessinées sur les étagères et les maquettes d'avions, les squelettes de dinosaures en bois et les coquillages, les posters de Thierry Henry, de Ronaldo et de Luis Figo aux murs, les rollers, la raquette de tennis et le ballon de foot dans un coin, la Playstation et le petit poste de musique dans un autre, le papier peint beige constellé de voitures de sport, le bureau et sa mappemonde. Elle a refermé la porte. Il n'y avait rien à ajouter.

Il devait être sept heures quand ils ont commencé à affluer. Par groupes de deux ou trois. Ils étaient si timides, empruntés. Ils n'osaient pas bouger et disaient merci à tout. Ils baissaient les yeux et faisaient merci merci, on aurait cru même pas des enfants mais comment dire, des gens complètement humiliés. Ils se tenaient dans l'entrée, trempés, encombrés d'eux-mêmes, coincés entre le portemanteau à six têtes et la vieille pendule en bois de hêtre. Leurs pieds leurs mains, ils ne savaient pas quoi en faire et il fallait voir leurs vêtements, pleins de terre et de trous, de reprises grossières, leurs visages taillés par la faim et le mauvais sommeil, leurs cernes charbonneux, leurs dents jaunies ou manquantes. Quand ils avaient trop mal ils finissaient par se les arracher eux-mêmes, c'est ce que m'avait raconté Isabelle.

– Des médecins pour les soigner gratis on en trouve

110

toujours, elle avait dit, mais le problème c'est les dentistes. Ces gens-là ont un porte-monnaie à la place du cœur. De toute façon c'est impossible autrement. Pourquoi consacrer une vie à regarder dans la bouche des gens si c'est pas pour le pognon ?

Dans le cou, sous le col des tee-shirts des chemises, suintaient des rougeurs, des eczémas rosâtres, des brûlures anciennes, des cicatrices et d'autres marques encore, violines et inquiétantes. Je leur ai tendu des serviettes, rêches et effilochées à force d'avoir servi. J'ai pris leurs blousons et je les ai étendus devant la cheminée tandis qu'ils se frictionnaient la tête. À chacun, Isabelle a remis un sachet plastique. À l'intérieur il y avait du savon, des flacons de shampoing comme dans les hôtels, du dentifrice et une brosse à dents. Elle leur a montré la salle de bains, et la chambre à côté. Des vêtements propres les y attendaient, ainsi qu'un panier à linge. Des machines tourneraient toute la nuit et tout serait sec au lever du jour. Elle les réveillerait avant l'aube. Leur chaufferait du café, décongèlerait du pain, des brioches. Puis elle les renverrait dans la rue. Jusqu'à la prochaine fois.

Un type est parti se laver. Les autres sont restés immobiles et silencieux autour de la table. Ils se rongeaient les ongles ou bien se grattaient la tête sous le lustre de verre poli. Certains toussaient, on ne savait pas trop si c'était un rhume ou la gêne d'être là à attendre qu'on les nourrisse. Ou bien la poussière qui recouvrait tout, le grand canapé de velours vert, les tapis en peau de vache, la batterie de casseroles en cuivre, les bouquets de fleurs séchées, les napperons de dentelle. Sur la table traînait une bouteille de syrah à peine entamée. J'ai rempli quelques verres mais personne n'en a voulu. J'ai d'abord pensé qu'ils n'osaient pas, qu'ils étaient trop timides. Mais ça n'avait rien à voir. Ils étaient juste musulmans. Ils ne buvaient pas d'alcool, ne mangeaient pas de porc. Évidemment.

– Les gens quand il y a des collectes, on dirait qu'ils font exprès. Ils donnent surtout du jambon, du pâté et des saucisses.

– Excuse-moi.

– C'est rien. Moi aussi au début je faisais pas gaffe.

Je me suis sentie tellement conne. J'ai filé au garage leur chercher du Cola et des jus de fruits. Il y en avait des tas, des cannettes par centaines, des monceaux de boîtes de conserve. Tout venait de Leila. Elle s'occupait de l'approvisionnement. Elle bossait au Cora et récupérait les invendus. Elle avait dû se battre pour ça, ça avait foutu un bordel pas possible. Des gens s'étaient plaints, selon eux si ça devait aller quelque part c'était d'abord aux Restos du Cœur, au Secours populaire, selon eux il fallait d'abord nourrir les démunis du coin. J'ai tout mis sur la table. Je crois qu'ils auraient préféré quelque chose de chaud mais ils ne se sont pas fait prier pour boire.

Un à un ils sont revenus de la douche, habillés rasés peignés on les reconnaissait à peine, c'était le jour et la nuit, ils avaient l'air dix ans plus jeunes. Certains, c'étaient juste des gamins. Ils avaient quoi ? seize, dix-sept ans ? Ils étaient partis en éclaireurs et leurs parents leurs frères et sœurs les rejoindraient un jour en Angleterre. En attendant ils allaient trouver du travail et leur envoyer de l'argent tous les mois. En tout cas c'est ce qu'ils espéraient. J'ai ouvert mon sac et j'en ai sorti cinq cartouches. Le buraliste avait râlé que je lui pillais son stock. Qu'est-ce que ça pouvait lui faire ? On aurait dit que ça l'emmerdait de la vendre, sa marchandise… J'ai posé les cartouches sur la table et Isabelle me regardait faire.

— Si tu commences comme ça à dépenser ton propre argent tu vas pas t'en sortir, elle a dit. Crois-moi ce qu'on fait là c'est irremplaçable. Le reste on trouve toujours.

D'abord ils n'ont osé toucher à rien. Certains fixaient le téléviseur, d'autres leurs chaussures, d'autres rien du tout, les yeux posés sur le flou de la pièce. Quand ils ont tous été là j'ai commencé à dresser le couvert. J'ai pris le paquet d'assiettes en carton, arraché le plastique avec les dents, fait pareil avec les gobelets. J'ai tout disposé sur les tournesols, la toile cirée brillait dans un silence de mort. Personne ne bougeait, personne ne parlait. Ils étaient là égarés, perdus loin dans leurs songes ou leurs souvenirs, quand je croisais leurs yeux je contemplais des gouffres, des trous, des ravins des crevasses et rien d'autre. À quoi ils pouvaient penser ces types? À ce qu'ils avaient traversé? À ce qu'il leur faudrait endurer encore avant de gagner l'Angleterre? À leurs familles, à leurs épouses à leurs enfants, à leurs amis, à leurs maisons, à leurs boulots, à leurs vies anciennes, laissées derrière eux comme des peaux mortes, des rêves oubliés?

À la cuisine, les soupapes des cocottes ont commencé à siffler et une odeur de viande bouillie s'est propagée dans la pièce. J'étais sur le point d'aller couper du pain quand j'ai entendu la porte s'ouvrir puis claquer. Tout le monde s'est regardé. Mon cœur s'est mis à sauter dans ma poitrine. Dans les yeux d'Isabelle, j'ai vu passer une grande lueur affolée. Elle s'est précipitée vers le buffet, elle a fermé le tiroir d'un tour de clé, puis elle l'a fourrée dans la poche arrière de son jean. J'ai tout de suite compris qu'elle pensait que les flics arrivaient et que là-dedans, il y avait des trucs qu'il valait mieux planquer. Mais aucun flic ne s'est pointé ce jour-là. Drago est entré et d'abord je ne l'ai pas reconnu. Ses yeux défaits au creux d'un visage lourd de mort vivant. Ces traits tirés ce teint vert, on aurait dit qu'il avait chialé et que ses jambes n'étaient plus assez fortes pour le porter. Isabelle s'est jetée sur lui, elle lui a pris le bras, je l'ai imitée et je crois que si on était arrivées ne serait-ce qu'une seconde plus tard, il se serait écroulé sous nos yeux. On l'a aidé à s'asseoir, personne n'a jamais su ce qui s'était passé exactement mais tout son corps avait l'air d'avoir été passé à la moulinette.

— You OK ? je lui ai demandé.

— No. Me not OK. Friend of mine die today.

— A friend ?

— Yes. We try to leave. Hidden under a truck. He falls. Me too…

— Who ?

— Jallal.

Ça a claqué comme un fouet sur le silence. D'abord j'ai pensé que des Jallal, il y en avait sûrement des tas. Mais Isabelle m'a détrompée. Il ne fallait pas que je me fasse d'illusions, des Jallal elle n'en connaissait qu'un seul.

— You mean Jallal, the tall guy who was here last week. He slept two nights ?

Drago a hoché la tête et j'ai fait comme si je n'avais rien vu, rien entendu, rien compris. J'ai fini de mettre le couvert et je suis allée chercher la bouffe à la cuisine. Je n'ai pas pu retenir mes larmes, ça coulait dans les cocottes où surnageaient des légumes, des morceaux de poulet, de bœuf et de mouton. Isabelle est entrée à son tour, elle m'a vue mais elle n'a pas prononcé le moindre mot, elle s'est contentée d'empoigner une cocotte et de ressortir. Je suis restée seule un moment dans la tommette rouge et le sombre des placards, à certains endroits les murs étaient carrelés de blanc et de motifs bleu mer, à la maison il y avait les mêmes et c'est toujours papa qui faisait la cuisine, c'était son territoire, son refuge, les samedis les dimanches il s'enfermait là-dedans dès le petit déjeuner avalé, et passait ses matinées à nous mitonner des plats de viande ou de poisson. J'attrapais ses pantalons et il me couvrait le front de baisers. «Le secret en cuisine, c'est le temps, il disait. Rien d'autre. Faut prendre son temps. Du temps et des bons couteaux.» Il sortait ses lames les plus tranchantes et les passait trois ou quatre fois sur l'aiguiseur pour refaire le fil. Les odeurs montaient doucement dans le matin, je traînais en pyjama jusqu'au déjeuner tandis que Clara restait dans son lit, à bouquiner ses revues, ses trucs sur les chanteurs, les mannequins, les actrices. J'adorais le voir exécuter ses gestes. J'adorais tout de lui : les histoires qu'il me lisait gamine, son accent portugais qui résistait au temps et chuintait, ses yeux doux et clairs sous ses cheveux noirs qu'il coiffait en arrière de son peigne argent. Combien de fois par jour je le voyais faire ? Le peigne argent qu'il sortait de sa poche et passait dans ses cheveux déjà en ordre, en regardant la télé en lisant le journal, parfois au beau milieu d'une conversation, je me souviens même d'une fois sur la plage, alors que le vent soufflait sans repos, le décoiffait sans faiblir.

Quand je suis revenue au salon, tout le monde était à table. Je les ai trouvés occupés à vider leurs assiettes, on entendait juste des claquements de langue et de palais, des bruits de couverts et de mastication. J'ai posé la cocotte sur un carré de céramique bleue où se tordait un poisson doré, ils ont tous relevé la tête pour contempler le plat fumant. Je les ai servis en viande et au fur et à mesure qu'ils terminaient leur deuxième assiette, il m'a semblé qu'un peu de force leur était rendue, qu'ils reprenaient courage et moi aussi. À la fin du repas, une fois vidés les plats et les carafes, ils ont commencé à parler entre eux. On aurait dit un genre de famille. Une famille éclopée, bizarre et chaleureuse, épuisée et joyeuse, mais une famille quand même. Je les regardais s'animer peu à peu et c'était comme un miracle de les voir revivre à ce point. Isabelle passait de l'un à l'autre, veillait à ce que surtout rien ne leur manque. Elle avait des gestes tendres et maternels quand elle posait la main sur leurs épaules ou effleurait leurs joues, leurs visages. C'était vraiment bouleversant de la voir faire.

Après le repas, ils sont restés longtemps autour de la

table à finir les bouteilles, j'ai encore ouvert du vin et même ceux qui n'étaient pas censés boire en ont pris. Isabelle a entrepris d'allumer un feu de cheminée. Ça s'est mis à flamber dans un crépitement de bois mort, de grandes flammes orange venaient nous lécher la peau et nous réchauffer l'intérieur. J'ignore si c'était la chaleur ou l'alcool, mais tous autant qu'on était on était cramoisis et c'était bon de sentir nos joues brûler. Vers dix heures ils ont commencé à jouer au poker, et pour ce que je pouvais en juger, à ce jeu-là Isabelle était une sacrée cliente. Je suis restée un long moment à les regarder et ça m'allait j'étais bien, ça me suffisait de les regarder j'étais bien, là au milieu de tout le monde, il faisait chaud et j'entendais ces voix étrangères, j'étais bien je n'avais aucune envie de les quitter, quelque chose vibrait tout autour de moi que je n'avais pas envie de voir s'éteindre. Ils jouaient ils riaient, certains chantaient et moi je me tenais en retrait mais ça me suffisait, ça me suffisait de me tenir en lisière, de me chauffer les mains à leur chaleur.

Quand je suis partie, les lits étaient installés, tout le monde tombait de sommeil, on aurait dit des gamins un soir de fête, qui luttent pour prolonger un peu la nuit, repousser le lendemain et le retour au cours des choses. Isabelle m'a serrée fort dans ses bras, elle était légèrement grise et son corps était chaud et souple contre le mien,

j'avais l'impression qu'un voile de douceur tiède l'enve-
loppait tout entière et qu'à l'intérieur, ses os étaient faits
d'une matière meuble. À l'oreille elle m'a dit merci, et
juste après avoir collé les lèvres sur ma joue elle a ajouté
qu'au fond, elle ne savait rien de moi. J'ai répondu qu'il
n'y avait rien à savoir. J'ai dit ça gentiment et elle a
secoué la tête. Tout le monde a quelque chose à dire elle
a dit, une histoire, des choses à raconter, tout le monde.

Cette nuit-là quand je suis rentrée, j'ai trouvé la
maison noire et silencieuse, et la chambre était fermée à
clé. J'ai collé mon oreille à la porte, Stéphane ne dormait
pas, à sa respiration j'ai su qu'il ne dormait pas. J'ai gratté
un peu prononcé son nom mais il n'a pas répondu. J'en
aurais presque ri. Je suis restée un moment immobile
dans le couloir obscur, je pensais à la soirée qui venait de
passer, aux visages de ces types à leur histoire à Jallal, et
rien ne pouvait m'anéantir. Chez Lucas, la lumière se
faufilait par la porte entrebâillée. Je suis entrée et il était
allongé les yeux grands ouverts, une bande dessinée sur
le ventre et le rond orange de sa lampe de poche sous
le drap. Je crois qu'il m'attendait. Quand j'ai posé le pied
dans sa chambre, son regard s'est illuminé et un sourire
limpide a fendu son visage en deux. Dehors le vent
poussait les murs et les carreaux, ils gonflaient tellement,
on aurait dit qu'ils allaient éclater et se répandre sur le

sol dans un bruit de cristal. Le ciel était presque blanc et craquelé, au loin il devenait tout à fait noir, comme si la ville avait été coupée en deux. Je me suis assise sur le lit, j'ai caressé ses cheveux et ils étaient plus fins que de la soie, d'une douceur irréelle.

— Je peux dormir avec toi ? je lui ai demandé.

Il a hoché la tête en me bouffant des yeux. Je me suis glissée sous les draps et sa peau d'enfant était gelée et parfaitement lisse. Il a éteint sa lampe et soudain il n'y a plus eu que nous dans le noir, le souffle du vent et nos respirations mêlées.

— T'étais où ce soir ? il a fait.

— Chez une amie. Je te l'ai dit.

— Nicolas il dit qu'il t'a vue avec les réfugiés, à midi.

Sa voix n'était qu'un murmure posé sur le silence et les embardées du dehors. J'ai serré ses mains tout contre mon ventre, ses bras m'enlaçaient et il a enfoui son visage dans mon cou.

— Il dit ça Nicolas ?

— Oui, et aussi que maintenant je vais avoir des maladies et qu'ils vont venir tout voler chez nous et aussi qu'ils vont te faire du mal.

— Il dit ça aussi ?

— Oui.

— Eh ben tu lui diras que c'est un petit con.

— C'est ce que je lui ai dit.

— C'est bien.

Je me suis retournée et son visage d'écureuil inquiet touchait le mien. Ses yeux fiévreux luisaient comme des flaques.

— Mais c'est vrai? il a demandé.

— Quoi?

— Que tu donnes de la soupe aux réfugiés?

— Tu le dis pas à papa?

— Non.

— Alors c'est vrai.

— Pourquoi faut pas le dire à papa?

— Parce que je crois que ça lui plairait pas. Allez on dort, fais-moi un bisou.

Il a approché ses lèvres et je les ai senties effleurer ma joue. J'ai tourné la tête pour embrasser sa bouche. On s'est endormis comme ça, l'un en face de l'autre et les mains jointes dans la nuit trop claire. Dans trois heures à peine le jour allait se lever.

II

Combien de temps ça a duré ? Dix, quinze jours ? Je ne me rappelle plus très bien et désormais ça n'a plus la moindre importance. Je me souviens juste de ces matins où je me rendais sous la tente, des après-midi au centre d'aide, des soirées chez Isabelle. Je rentrais au cœur de la nuit, parfois même à l'aube. Une fois tout le monde endormi, une fois les lessives lancées, la cuisine et le salon rangés, assises l'une en face de l'autre avec nos verres remplis et la musique, nous avions tant à nous dire, Isabelle et moi.

Comme chaque matin ce jour-là, du fond de mon lit, j'ai entendu la porte se fermer. Un claquement mou et caoutchouteux. Engourdie par le sommeil je me suis levée. Entortillée dans les draps j'ai écarté le rideau. Je n'avais pas dormi plus d'une heure. Sous le ciel poncé, sur le point de s'engouffrer dans sa voiture, Stéphane s'est retourné. Un instant il a regardé dans ma direction. Il a semblé ne pas me voir. À moins qu'il ait fait semblant. Qu'il m'ait volontairement ignorée. J'ai regardé la Clio s'éloigner. Je n'ai pas pu m'empêcher de penser qu'il portait juste une chemise froissée sous sa veste de cuir, qu'il allait crever de froid. Qu'est-ce que j'en avais à foutre ? La veille j'étais rentrée tôt pour une fois, je l'avais trouvé dans la chambre, occupé à fouiller l'armoire en grognant. Il ne s'était pas tourné vers moi ni rien. Il ne m'avait pas dit bonjour ni autre chose. Il m'avait seulement demandé si je n'avais pas vu son pull jaune.

– Je l'ai donné.

– Quoi ?

– Je l'ai donné. Avant-hier j'ai fait le tri. Et j'ai donné nos vieux trucs.

– Quels vieux trucs ?

– Je sais pas. Des vêtements qui servent plus.

À partir de cet instant, je n'avais plus entendu le son de sa voix. Il ne m'avait plus adressé un mot ni un regard, j'étais devenue tout à fait transparente et négligeable. Voilà le genre de chose dont il était capable, à sa manière boudeuse et butée : m'opposer son silence et ses yeux aveugles. Ça pouvait durer des jours entiers, parfois presque une semaine.

Je suis descendue à la cuisine, les gamins avaient leurs petits yeux du matin et les lèvres blanchies par le lait. Quand elle m'a vue Lise a eu ce regard mouillé, d'une voix suppliante elle m'a demandé si je serais là ce soir après l'école. J'ai dit bien sûr mon ange. Bien sûr que je serai là, que je suis là, toujours, pour vous, toujours. J'ai dit ça même si c'était faux. Ces derniers temps je les croisais à peine.

Je les ai emmenés à l'école et à nouveau Lise m'a demandé si je serais là après les cours, si j'allais venir les chercher, si j'allais rester avec eux. J'ai répondu oui et j'ai bien vu qu'elle ne me croyait pas. Ça faisait au moins dix jours que Martine les ramenait et leur faisait faire leurs devoirs jusqu'à ce que Stéphane rentre du boulot et les récupère. Je les ai serrés fort dans mes bras, je les ai inondés de baisers mais ils sont restés raides comme des piquets. J'ai fait promettre à Lucas de ne plus se battre. Même contre Nicolas. Même s'il continuait à dire devant tout le monde que je couchais avec des Kosovars. Je les ai regardés traverser la cour. Le ciel peinait à se tenir au-dessus des toits. Un coup de griffe aurait suffi pour que ça se mette à tomber.

Après ça, je suis rentrée faire un peu de rangement, je me suis dépêchée, j'ai mis de la musique, j'ai fait ça si vite et ça me pesait si peu, c'était si facile et presque joyeux, j'ai fait ça en un rien de temps et quand tout a été à peu près en ordre, je suis ressortie. Dans la rue Martine m'attendait, elle voulait me parler mais je n'avais pas le temps, je lui ai fait signe que ce serait pour plus tard. Elle a insisté. Elle s'est approchée de moi et m'a barré la route. Sur son visage fermé, ce rictus, on aurait dit que je la dégoûtais, qu'elle se retenait de vomir. Son gros visage rond cramoisi écumait de rage. Elle s'est mise à parler à toute vitesse, sa voix pleine de colère déraillait dans les aigus, c'était parfaitement ridicule, j'ai eu du mal à m'empêcher de rire. Même quand elle m'a demandé si Stéphane ne serait pas devenu complètement dingue. Elle parlait et je ne comprenais rien à ce qu'elle disait, selon elle il avait pété un câble, la veille il avait lâché dix gamins dans un champ, il les avait sortis de son bus, dix pauvres gamins dans les betteraves à des kilomètres de la ville, sous le crachin glacé dix gamins d'à peine dix ans en rase campagne, il les avait laissés là, il avait fini son tour et il était rentré garer son engin au dépôt sans rien dire à personne. Les gosses avaient attendu vingt minutes au milieu des champs, le temps que quelqu'un se rende compte du problème et qu'on leur envoie un chauffeur. Quand on les avait retrouvés ils étaient terrorisés et gelés de la tête aux pieds, les pauvres petits. Bien sûr, leurs parents envisageaient de porter plainte, Stéphane avait été mis à pied dans l'heure qui avait suivi mais il ne fallait pas que je croie qu'ils allaient en rester là, une pétition circulait déjà et elle n'allait pas se gêner pour la signer même si ses gamins à elle il ne les avait pas virés du bus, même si ses gamins à elle il les avait menés à bon port. Dans ces conditions bien sûr, je pouvais toujours me brosser pour qu'elle s'occupe de mes gosses, déjà qu'ils lui avaient rapporté des poux et c'était pas étonnant, vu le temps que je passais à chouchouter ces putains de Kosovars au lieu de m'occuper de ma famille. Elle parlait encore quand je suis entrée dans la voiture. Dans le rétroviseur, elle était minuscule et grotesque, on aurait dit perdue et définitivement seule au milieu de milliers de maisons pareilles, comme un désert sans début ni fin. J'ai quitté le lotissement, j'ai roulé vers le centre, je pensais aux jours qui venaient de passer et à rien d'autre. Je pensais à tous ces types et à l'horreur de vivre comme ça dans la crasse le froid la rue et le regard des gens, la honte, la terreur et les flics qui ne lâchaient pas, les chiens qui leur flairaient le cul les mollets et les couilles. J'ai pensé à leurs visages à leurs voix quand ils chantaient tard dans la nuit, une fois les verres descendus et la chaleur montée, à leurs yeux aux mots qui s'échangeaient après chaque repas, à la chaleur que c'était alors, à la vie qui battait malgré tout, qui battait là-bas dans ce salon trop sombre aux meubles gonflés d'humidité, où des types affluaient pour un soir pour une nuit, ensuite ils repartaient et pour la plupart on ne les revoyait jamais, on ne les avait sauvés de rien, on leur avait juste offert un repas, un lit, un peu de repos et de courage. J'ai pensé à moi qui chaque soir m'affairais, chaque soir entière et à ma place pour une fois, entière et à ma place comme jamais. J'ai pensé à Isabelle, à sa belle énergie fêlée, aux montagnes qu'elle déplaçait de son corps frêle, à sa façon de se donner, à ses grands rires qui se fissuraient comme son visage en un éclair, à la manière qu'elle avait de mener ses hommes à la baguette, avec fermeté mais tendresse. À sa grâce à son abandon quand parfois elle dansait. La nuit tombée, elle dansait, un verre à la main elle dansait, au milieu du salon et des hommes elle dansait, l'un d'entre eux effleurait ses lèvres et elle dansait, belle et usée, belle et triste, belle et vivante. Et quand on n'était plus que nous deux, que tout était calme et retiré, alors elle me parlait d'eux. De son mari de son fils. Elle me montrait des photos et ça lui faisait du bien. Ça lui faisait du bien parce qu'ils revivaient, ses morts ses fantômes, parce que le pire c'était de les ranger dans des tiroirs. Je l'écoutais me raconter sa vie d'avant, comme elle avait été brisée, je l'écoutais et je pensais à Stéphane aux enfants et même maintenant je crois que je serais incapable de vivre sans eux. Sans les gamins en tout cas. Stéphane, c'est autre chose. Stéphane, je ne sais pas. Je crois qu'au fond je suis comme tous ces gens qu'on a ramassés à la petite cuiller un beau matin. Et qui s'en sentent redevables pour toujours. La première main qui s'était vraiment tendue après la mort de Clara, des années après, c'était la sienne. Ça aurait pu être celle de n'importe qui, je crois que je l'aurais prise. Et qu'encore aujourd'hui j'en baiserais le moindre doigt de gratitude.

Quand ils ont compris qu'on ne rentrait pas à la maison, que je les emmenais quelque part, ils n'ont pas posé une seule question. Lucas s'est assis près de moi, il a dit *la place du mort* en rigolant et ça ne m'a pas fait rire, je n'ai pas trouvé ça drôle, j'aurais pu le gifler. Il a dit ça et j'ai pensé : il a raison c'est la place de Clara, c'est la place du mort. On a roulé et personne ne disait rien, rien ne venait troubler le bruit du moteur. J'ai fini par lui demander ce que c'était que cette histoire de bus. Il s'est tassé sur son siège, les lèvres closes. Quand je lui ai reposé la question, il a jeté un œil à sa sœur, visiblement il valait mieux qu'elle n'entende pas. J'ai laissé tomber. De toute façon je n'avais aucune envie de tirer tout ça au clair, je me doutais que pour l'essentiel Martine avait dit vrai et que, d'une manière ou d'une autre, j'y étais pour quelque chose.

Je me suis garée derrière le Kangoo d'Isabelle et Lise a demandé « on est où ? on est où ? ».

– Tu verras bien, j'ai juste dit.

Il faisait beau pour une fois, un ciel coupant comme du verre, un ciel d'hiver, clair et pur comme du cristal. Une poignée de réfugiés étaient assis en cercle dans le jardin, à fumer des cigarettes. Ils portaient d'énormes doudounes et des gants de laine, une commerçante du centre-ville nous les avait apportés quelques jours plus tôt, elle fermait boutique comme beaucoup d'autres avant elle, elle liquidait tout, ça lui restait sur les bras, «vous trouverez bien quoi en faire» elle avait dit avant de s'en aller aussi sec, sans prendre un verre ni discuter ni rien, comme si elle faisait ça à contrecœur.

– C'est pas prêt à l'intérieur, je suis en retard, a fait Isabelle en venant à ma rencontre. Je leur ai dit d'attendre un peu dans le jardin.

Elle m'a prise dans ses bras et quand son regard a croisé celui de Lucas, je l'ai vue se fendiller des pieds à la tête. Elle l'a fixé un long moment, ça a duré je ne sais pas, une minute ou plus et puis elle a fini par revenir à elle. Elle a pris Lise dans ses bras, l'a fait tourner valser dans les airs, par-dessus les herbes et les cailloux, et leurs rires se sont mélangés dans le jardin blanchi.

On a passé la soirée ensemble, nous trois Isabelle et les réfugiés. Au début les gosses regardaient tout ça bizarrement, ils avaient l'air perdu et méfiant, me cherchaient des yeux. Je leur lançais des sourires pour les rassurer. Mais ça n'a pas duré longtemps. Au bout d'une heure, ils se couraient après dans la maison. Isabelle avait sorti les jouets de son fils, ils s'amusaient comme des dingues, émerveillés par tous ces vieux trucs à moitié cassés. Au salon, Drago n'arrêtait pas de les appeler, essayait de retenir leur attention, leur faisait des grimaces, claquait la langue, clignait des yeux, et les enfants se laissaient faire, pas farouches.

Au moment du repas, Lise s'est installée sur ses genoux. Entre deux bouchées il lui chantait des comptines. De ses grands yeux écarquillés, elle suivait ses mains qui allaient venaient, marionnettes sans fil traçant dans l'air des lignes sinueuses invisibles. Puis elle l'imitait en souriant. C'était si difficile à réaliser, ce type et ses dix-huit ans, sa vie là-bas. Les lambeaux de sa vie ancienne et dénuée de sens désormais. Son père mort sous ses propres yeux, la maison délabrée, sa mère et ses trois sœurs, restées là-bas sans rien pour vivre ou presque, sa fiancée partie deux mois plus tôt, elle l'avait appelé de Londres et depuis plus de nouvelles, ses petits boulots et tout le reste. Et maintenant il était là réduit. Réduit à accepter notre soupe et nos matelas miteux. Il était là à faire les marionnettes pour distraire Lise, à apprendre à Lucas les mots de sa langue pour fourchette, verre et table. Tout le monde s'y est mis, fourchette en afghan et cuiller en iranien, tout le monde y allait de son petit mot et la joie que c'était, le bien qu'ils faisaient les enfants en étant là.

Ce soir-là le repas a traîné en longueur. Plus encore qu'à l'accoutumée. On a bu un peu plus que d'habitude, les yeux brillaient, comme ils n'auraient peut-être pas dû, si on pense à la merde dans quoi on était fourrés jusqu'au cou. On était tous crevés, surtout eux mais c'était de la bonne fatigue pour une fois, une fatigue presque heureuse. Je sais combien ça peut paraître déplacé et même choquant de dire une chose pareille. On a mis de la musique, une chanson des Têtes Raides, un genre de valse avec des cuivres de fanfare et des mots qui réchauffent. Drago a pris Lise dans ses bras et ils ont dansé. Je me suis levée et Lucas s'est jeté sur moi, on a tourné jusqu'au vertige. Isabelle nous a rejoints et Bechir la suivait. Il venait d'arriver, un type un peu rond, c'était la première fois qu'on le voyait. Au centre d'aide, dans l'après-midi, il avait fondu en larmes. Il venait de comprendre. Plus personne n'arrivait à passer en Angleterre, ils avaient fermé le camp et tous étaient renvoyés dans des centres, à Paris ou à Dijon, ou bien traqués comme des bêtes et battus laissés quasi morts dans les forêts par les flics. J'aimais bien ses cheveux qui lui tombaient dans les yeux et ses épaules un peu voûtées. Il s'était assis à côté de moi pendant que je triais les vêtements, par la fenêtre caillassée le soleil froid lui tombait sur le visage, il voulait m'aider et on avait discuté un moment. Son français était presque parfait, avec juste un accent roulant et très doux. C'était le seul à parler si bien, avec les autres on se débrouillait à coups d'anglais et de gestes. Sa femme et sa fille l'attendaient à Manchester, elles étaient chez des cousins, ils avaient ouvert une onglerie, ça faisait fureur là-bas les faux ongles, des longs des pointus des roses et des mauves. D'une manière générale c'étaient plutôt les Vietnamiens ou les Chinois qui faisaient ça, mais il y avait de la place pour tout le monde et ça ne marchait pas si mal. Ça faisait un an qu'elles étaient là-bas. Un an et il venait de sortir de prison.

Avec Isabelle ils dansaient et on se frôlait tous les quatre. Les autres ont fini par se lever eux aussi. Ils se sont mis à faire les cons et il fallait les voir ces mecs détruits deux par deux qui comptaient leurs pas, un deux trois un deux trois. La musique s'est arrêtée et on s'est rassis épuisés, le ventre tordu par des crampes de rire. C'était une soirée tellement particulière. J'aurais du mal à définir ce qui flottait dans l'air alors, c'était tiède et léger, si gai, comme avoir le cœur serré par la joie et des larmes dans la gorge en même temps. Une parenthèse au milieu des décombres. Un peu plus tard dans la cuisine, tandis qu'on préparait le café, Isabelle avait éclaté en sanglots. Je me suis approchée d'elle sans trop savoir quoi faire, son maquillage coulait. Elle a pleuré sur mon épaule, elle a dit c'est rien c'est les nerfs, la fatigue, tout ça et moi je l'ai laissée mouiller ma robe, je l'ai laissée dire en l'étreignant. Et quand elle a relevé son visage, son souffle sur mes joues était si chaud et humide, j'ai presque pu sentir la douceur de ses lèvres sur les miennes.

– Ça va aller?

J'ai versé le café brûlant dans une douzaine de petits gobelets blancs. En un instant ils sont devenus mous. On aurait dit qu'ils allaient fondre.

Quand on est revenues au salon il n'y avait plus personne. Juste la table et les restes du repas dans la pénombre, les chaises en désordre. Avec Isabelle on s'est regardées, de panique j'ai tout laissé tomber par terre. Le café m'a brûlé les jambes malgré le collant, coloré le mur de traces marron dégoulinantes. Les chambres, la salle de bains, le garage, on a cherché partout, ouvert les portes, les toilettes et la cave. Partout dans la maison on a gueulé Lucas, Lise, mon cœur palpitait jusque dans ma bouche. On est sorties au jardin et là non plus personne, j'ai dit je vais appeler la police et dans les yeux d'Isabelle j'ai vu ce qui passait de terreur. Elle est restée muette mais je l'ai presque entendue me supplier «non pas la police». Je ne savais pas quoi faire. Je me suis précipitée dans la maison. Quand ils ont surgi de sous la table en hurlant j'ai cru mourir. Lise riait si fort, elle ne pouvait plus s'arrêter. Lucas a regardé la flaque de café par terre, puis il a pris ma main et m'a demandé pardon, il était vraiment désolé. Bechir s'est accroupi à mes pieds. Il a commencé à ramasser les gobelets, les autres l'ont imité et tous ensemble on s'est mis à éponger la tommette.

Après ça on est sortis. Drago et les autres ont récolté des tonnes de brindilles, des feuilles mortes et quelques bûches qui traînaient au fond du jardin. Le feu a pris en un clin d'œil, il n'avait pas plu depuis trois jours et le vent séchait l'air et la peau. Les flammes sont montées haut dans la nuit, Lise disait qu'elles voulaient toucher le ciel, elle regardait ça en plissant les yeux. Tout le monde était là les mains tendues vers le chaud, visages offerts à la brûlure. Lucas et Drago jetaient des feuilles, des branches, des noisettes, des pommes pourries dans le brasier, ça craquait et ça crépitait dans le silence nocturne.

Bechir s'est éloigné et je l'ai vu entrer dans la maison. Personne ne l'a remarqué à part moi. J'ai regardé Isabelle. Je lui ai fait signe. Je lui ai fait signe, j'avoue. Elle m'a dit de ne pas m'en faire, que tout allait bien, que j'avais tort de m'inquiéter comme ça. Alors je me suis calmée et j'ai recommencé à fixer l'orange qui se tordait sur le noir. Et devant le feu qui nous cramait la peau, je me suis dit tu vois ma vieille t'es comme les autres. Exactement pareille. Pareille à tous ces gens que tu entends dans les magasins les cafés, qui se plaignent de la saleté des réfugiés les traitant de voleurs, de violeurs, qui trouvent dégueulasse qu'on les aide alors qu'eux qui viendra les aider ? qui se soucie seulement d'eux et de leur misère, de leurs fins de mois difficiles et les patates sept jours par semaine, du boulot qui manque et de l'avenir qui n'en finit pas de s'éloigner? Qui n'était déjà pas pour eux et qui ne sera pas plus pour leurs mômes. Voilà. Moi aussi j'en avais de ces peurs mesquines, de ces sentiments inavouables. J'ai pensé à ça, à ce que ça avait de salement égoïste, d'être là. À cette manière que ça avait de me rendre vivante tout à coup, de me rendre utile. Qu'est-ce que j'en avais à foutre de tous ces types au fond? Peut-être rien. Peut-être. Je ne sais pas. Je ne saurai jamais.

Bechir a réapparu quelques minutes plus tard. Enveloppé d'un drap blanc, le visage recouvert d'un masque, un masque africain qu'Isabelle avait cloué aux murs bleus de sa chambre, il s'est avancé comme un fantôme macabre. Puis il a commencé à danser, à bouger les mains, à pencher la tête avec grâce et lenteur. Plus personne ne parlait, on entendait juste le vent et les oiseaux de nuit. Le feu crépitait encore, de grandes flammes léchaient l'air froid et c'était comme un rituel étrange ses mains tendues vers le ciel, son visage masqué vers les nuages, son corps flou qui se tordait en douceur. Lise et Lucas sont venus se serrer contre moi et on regardait ça hypnotisés, les yeux grands ouverts et comme allumés de l'intérieur. À la fin, tout le monde a applaudi à s'en coller des ampoules. Bechir a ôté son masque et il s'est approché de moi, il me fixait de son regard caramel avec un drôle de sourire au coin des lèvres.

– Ça vous a plu? il a demandé.

– Oui. Beaucoup, j'ai répondu. Vous êtes danseur, c'est ça?

Il faisait de tout. Le clown, de la danse, du mime, du théâtre. Là-bas il avait une compagnie, le Théâtre de l'Oiseau ça s'appelait.

– Merci, j'ai dit.

– Merci pour quoi?

– Pour ça, votre danse. Et puis le reste.

– Non c'est plutôt à moi de vous remercier.

– Je ne sais pas.

C'est à ce moment qu'il a pris mes mains dans les siennes, longuement, avec beaucoup de douceur et de respect. J'ai senti les yeux de Lucas se poser sur moi et connement le rouge m'est venu aux joues. Qu'est-ce qu'il pouvait bien penser dans sa tête de gamin? Qu'est-ce qui se tramait là-dedans, qu'est-ce qu'il cachait que je ne devinais plus? À ses côtés, Lise suçait son pouce et frottait ses yeux rougis par le froid et la fatigue. Bechir a lâché mes mains et j'ai pris la gamine dans mes bras. On est tous rentrés. J'ai installé la petite sur le canapé. Tout le monde était là derrière nous, tout le monde est venu assister au coucher de la reine. Alignés debout ils l'ont regardée s'endormir en crachant des nuages de fumée. Elle a sombré en un instant. Je l'ai portée dans la chambre, elle pesait moins que rien dans mes bras. Je l'ai bordée et elle était minuscule, enfouie jusqu'au cou sous les grosses couvertures fourrées de plumes. Quand je suis revenue au salon ils avaient mis la musique et quatre d'entre eux s'étaient lancés dans un poker. Drago avait pris Lucas sur ses genoux, quand c'était son tour le petit lui tenait sa cigarette et la regardait se consumer. Je me suis assise près d'eux, j'ai suivi le jeu sans comprendre, je regardais les cartes s'abattre et les allumettes tomber au milieu de la table. Je ne l'ai même pas vue entrer, traverser le salon jusqu'à moi embuée de sommeil, engourdie et les poings dans les yeux. Lise s'est installée en boule sur le vieux canapé de velours vert. Elle tortillait entre ses doigts un bout de chiffon qu'elle trempait en le suçotant.

– C'est parce que j'aime bien le bruit des voix, elle a fait. C'est mieux pour dormir. Là-bas j'entends rien et j'ai peur toute seule.

– D'accord mais tu dors.

Elle a essayé de garder les yeux ouverts, mais très vite ses paupières ont commencé à s'abaisser et à cligner, jusqu'à devenir parfaitement immobiles et closes. Je ne sais pas comment elle a pu se rendormir si vite. Avec le bruit qu'il y avait, ça tenait vraiment du miracle.

Bechir venait de sortir un papier de sa poche, une convocation pour Coquelles. Il hésitait à y aller. On disait que des flics vous y attendaient et vous menaient tout droit en centre de rétention. Là-bas la plupart du temps, on vous marquait comme des bêtes, on vous laissait croupir des jours entiers à poil dans des cellules gelées, sans manger sans boire sans aller aux toilettes, on vous frappait on vous prenait le peu qui vous restait ou bien on vous collait direct dans un avion.

Isabelle venait d'allumer un joint et me l'avait tendu. J'avais pris deux longues taffes, ça faisait si longtemps, des années ou des siècles. Des papillons s'étaient mis à battre des ailes dans ma gorge et mes poumons.

– Je peux pas accompagner Bechir au tribunal demain, elle avait fait. Il vaut mieux qu'il n'y aille pas seul.

Je venais de dire moi je peux, moi j'ai le temps, c'était sorti comme ça sans même que je m'en rende compte, sans même que j'aie pris le temps d'y réfléchir. Bechir venait de m'attraper par la main et on s'était mis à danser, collés on dansait et il avait ces grands yeux soulignés au khôl on aurait dit. La musique était lente et j'étais crevée, je venais de poser ma tête sur son épaule et c'est là que c'est arrivé. Stéphane est entré. Comme ça brusquement il est entré, il m'a vue avec Bechir et aussi Lucas qui ne dormait pas et sûrement Lise au milieu du salon avec ces types qui riaient et buvaient et jouaient au poker. Il s'est jeté sur moi et m'a tirée par le bras. Il m'a fait mal. Il m'a fait mal et j'ai crié. Bechir s'est interposé et un instant j'ai cru qu'ils allaient se battre.

– Marie, tu prends tes affaires on y va.

Je n'ai rien dit, je suis allée chercher ma veste et quand je suis revenue au salon, Stéphane s'engueulait avec Isabelle. Quand ils m'ont vue ils se sont arrêtés aussi sec. Oh ce n'était pas difficile à comprendre. Ils parlaient de moi. Ils faisaient comme si je n'étais pas là. Incapable de prendre moi-même mes décisions ou d'assumer mes actes.

Stéphane a pris la petite dans ses bras et Lucas avait son air inquiet, sa mine défaite, la tête rentrée dans les épaules et quelque chose de craintif dans l'attitude, comme un gamin anticipant une baffe à chaque mouvement un peu brusque. On a traversé le salon sous leurs regards à tous, dans le jardin le feu mourait doucement, on est montés dans la voiture et Stéphane a démarré comme un fou en faisant crisser les pneus sur le gravier.

– Conduis pas si vite, je lui ai dit.

– Ta gueule.

Il regardait droit devant lui. De temps en temps il se tournait vers moi et me fixait un bref instant en secouant la tête. Il faisait mine de commencer une phrase et s'interrompait aussitôt. Comme si ça n'en valait pas la peine. Mais je n'avais aucun mal à reconstruire le discours : j'étais irresponsable d'amener les gosses avec moi, il était tard et Lucas aurait dû être au lit. Sans parler de Lise. Et puis ce n'était pas un endroit pour des enfants. Et patati et patata.

– Qu'est-ce qui te prend Marie ? Hein qu'est-ce qui t'arrive ?

Je n'ai pas répondu, après tout moi aussi je pouvais faire la muette.

À la maison, Stéphane a couché la petite. Il a aboyé à Lucas de se mettre en pyjama et au lit tout de suite après. On s'est retrouvés dans la cuisine et il s'est servi une bière. Il l'a bue en faisant les cent pas, il soupirait à chaque gorgée. Il tournait comme un lion dans sa cage, prêt à vomir ce qu'il avait sur le cœur. Il attendait d'avoir l'esprit tout à fait clair. Au bout d'un moment j'en ai eu marre, je suis sortie de la cuisine. Il m'a retenue par le bras, il a serré si fort, il me faisait mal putain. Je ne me suis pas débattue, je n'ai pas crié, je ne l'ai pas griffé au visage en beuglant « lâche-moi », c'était vraiment pas la peine il me prenait déjà pour une hystérique. Pourtant c'est lui qui devenait violent, qui s'emportait pour rien. Juste parce que les gosses n'étaient pas couchés pour une fois. On est restés immobiles tous les deux, face à face, et mes yeux dans ses yeux, c'était comme lui cracher à la gueule. Il a fini par me lâcher. Je me suis blottie sur le canapé. Couchée sur le flanc je fixais la fenêtre et derrière tout était noir, rien ne bruissait, rien ne paraissait devoir vivre ou se réveiller un jour. J'ai fermé les yeux. Engourdie par les prémices du sommeil je l'ai senti s'asseoir dans le fauteuil en face, j'entendais sa respiration lourde et épaisse. Il a fait rouler son briquet. En me concentrant je pouvais percevoir le grésillement du tabac à chaque inspiration. Il s'est mis à parler. Tout bas, longuement, calmement, sans rupture. D'une voix presque monocorde, comme on ne se parle qu'à soi, qu'à soi seul, avec cet abandon exactement. Il a dit Marie je ne sais pas ce qui te prend, ce qui t'a pris, tu nous délaisses, tu t'embarques sans réfléchir dans des choses qui te dépassent, tu te mets en danger, j'ai bien dit en danger, ce que tu fais avec cette femme est tout simplement illégal et tu risques la prison, et maintenant tu mêles les enfants à tout ça et ces types au fond on ne sait pas qui ils sont, d'où ils viennent vraiment, et de quoi ils sont capables.

Il a dit il n'y a pas que ça Marie, il y a aussi les enfants à l'école, tu ne le sais peut-être pas, non tu ne le sais sûrement pas puisque tu nous as abandonnés, puisque tu ne te soucies plus de nous, tu ne le sais sûrement pas mais les enfants, à l'école il y a des gosses qui refusent de s'asseoir à côté d'eux et qui les insultent, on leur crie que leur mère est une pute, qu'elle couche avec les réfugiés, qu'elle est pouilleuse et sale, et puis ce n'est pas tout tu comprends, moi aussi je subis ça, moi aussi et pas plus tard qu'hier y avait ces gamins qui hurlaient dans le bus, Lucas était là et ils hurlaient tu comprends, ils hurlaient votre femme elle suce des Kosovars votre femme elle

144

suce des Kosovars, Lucas était là ils chantaient ça, j'ai vu les larmes dans ses yeux et je n'ai pas supporté tu m'entends je n'ai pas supporté je leur ai dit de fermer leurs petites gueules s'ils voulaient pas que je les largue en plein champ, et ils ont chanté encore plus fort alors c'est ce que j'ai fait, je les ai largués, dix putains de gamins dans les betteraves, j'ai fini mon tour et je suis rentré au dépôt, et deux heures plus tard je me suis retrouvé dans le bureau de Galland, mise à pied en attendant il a dit, en attendant quoi je sais pas mais si tu veux mon avis y a peu de chances que je m'en sorte, y a peu de chances qu'on s'en sorte tous les quatre, parce que le salaire mon boulot tout ça si ça se trouve c'est fini et c'est pas avec tes putains de cadeaux de chez Auchan que ça va s'arranger.

Il a dit et puis ça non plus t'en sais rien mais ici aussi, les voisins d'en face et les Vanot, il faut supporter leurs regards et les silences qui en disent long, les parents qui demandent à leurs enfants de rentrer quand Lucas et Lise s'approchent pour simplement jouer.

Il a dit je ne sais pas ce qui se passe, ce que tu cherches ce que tu fais avec cette fille, elle t'a monté le bourrichon, que je sache tu ne t'es jamais intéressée à ce genre de choses et puis ça te dépasse, et puis tu sais tous les jours partout tout autour la misère elle est là, à tes pieds à ta porte, partout tout autour des gens sont licenciés, humiliés, vivent avec des bouts de ficelle et ceux-là tu les ignores, tu les as toujours ignorés mais les réfugiés non, les réfugiés tu y vas, tu nous oublies pour eux, et putain je te retrouve avec les enfants et toi tu te fais peloter par cet enculé de Kosovar et regarde-toi, t'as l'air d'une folle bordel, il te saute au moins? Il te fait jouir au moins ton réfugié?

Je l'ai giflé et il s'est arrêté net. Entre ses dents il a craché je t'interdis, tu m'entends bien je t'interdis d'embarquer les enfants dans tes conneries, je ne veux plus que tu ailles chez Isabelle, et je ne veux plus te voir dans ce centre ni devant la mairie, c'est compris? S'il y a des gens qui ont besoin de toi, c'est d'abord nous ta famille, moi et les enfants, et si tu t'ennuies tant que ça il y a sûrement des tas de choses à faire mais pas ça, parce que tu comprends je ne veux pas que les enfants aillent voir un jour leur mère en prison… Je n'ai rien dit, rien répondu, j'ai gardé les yeux fermés comme si j'étais devenue un truc minéral, végétal ou que sais-je. Il a fini par se lever et par quitter la pièce. Après, j'ai juste entendu le chuintement de la douche et les clapotis.

Je suis sortie et il pleuvait, c'était revenu d'un coup, en quelques secondes le ciel s'était chargé de nuages, même dans la nuit on les voyait moutonner anthracite. J'ai marché et tout était noir, mes pas résonnaient dans la rue, un claquement mou dans la rumeur fade. Derrière la fenêtre j'ai cru deviner Lucas et son regard m'a fait froid dans le dos. Ça m'a glacée, soudain, ces yeux qui me surveillaient, qui ne me lâchaient jamais. De temps en temps, les phares d'une voiture éclairaient les maisons les jardins, un couple rentrait un peu tard, sûrement ils avaient dû dîner dehors, sûrement ils s'étaient ennuyés ferme mais ils étaient contents, soulagés, ils avaient accompli leur devoir ils étaient sortis.

Vers le bois, les réverbères se faisaient plus rares, il n'y avait plus aucun bruit, la pluie me coulait du nez et me rentrait dans les yeux. Près de la barrière, le sol était mou et jonché de cannettes de bière, de sacs plastique, de bouts de pneus éclatés. Les bois, c'était juste du noir avec le vent qui sifflait dans tous les sens mais je n'avais pas peur, on était gamines et on marchait des heures là-dedans ma sœur et moi, on se tenait la main on se racontait nos vies nos histoires les garçons, les parents nous faisaient chier et les profs nous prenaient pour de la merde, les cours on foutait rien à quoi ça pouvait bien servir de toute façon, nous tout ce qu'on voulait c'était se payer des bières des cigarettes une mobylette et plus tard une voiture, s'acheter des robes des jeans des tee-shirts et faire la fête à l'Albatros le samedi soir, l'été la plage entre copines et les fous rires ça nous allait nous suffisait, le reste on s'en foutait, la musique à fond et les baisers des garçons, les murges et la danse le reste

147

c'était quoi ? Le reste c'était l'avenir et c'était pas pour nous on le savait trop bien, il suffisait de regarder autour de nous, nos parents et ceux des autres et toute la ville qui ne pensait qu'à se saouler la gueule et à oublier la pesanteur des choses en attendant on ne savait quoi et on ne saurait jamais de toute façon, rien de tout ça n'avait le moindre sens il fallait juste danser et rire et boire et se frotter jusqu'à l'étincelle et que le feu prenne et nous emporte. Je me suis enfoncée dans le bruissement des dernières feuilles, je me dirigeais en tâtonnant, mes doigts caressaient des troncs humides et couverts de mousse, mes pieds s'enfonçaient dans la terre boueuse. J'ai entendu une voix, je me suis retournée et c'était Lucas, il était là il m'avait suivie, un k-way par-dessus le pyjama. Je lui ai tendu la main et la sienne était fraîche et glissante dans ma paume.

— Où on va ? il a demandé.

J'ai mis mon doigt devant la bouche. J'ai dit chut c'est un secret, tu vas voir, tu verras bien.

La pluie avait cessé et tout ruisselait, tout était liquide et dégouttait, on se serait crus au beau milieu d'un torrent ou d'un fleuve. Ça coulait de partout, des feuilles, des troncs, des talus. On marchait dans les flaques, partout s'élevaient des bruits d'eau, des parfums mouillés. Le long du sentier étroit, les ronces nous griffaient les mollets les chevilles, je laissais traîner ma main derrière et Lucas me suivait sans rien dire, la lune entre deux nuages nous éclairait un peu, je pouvais entrevoir son visage livide dans la lueur pâle, c'était celui d'un ange, d'un tout petit enfant fragile. Autour de nous les arbres se sont espacés de plus en plus, jusqu'à former une clairière. On s'est arrêtés un moment. Au-dessus de nos têtes le ciel se déchirait, entre deux draps de nuages mouraient quelques étoiles. Je me suis agenouillée et Lucas a fait pareil. J'ai respiré profondément. J'ai fermé les yeux et j'ai enfoncé mes doigts dans la terre. J'ai gratouillé et l'eau s'est mise à couler entre mes doigts. De petites rigoles circulaient contre la peau, ça vivait sous ma paume. On s'est relevés et nos genoux étaient marron vert. Lucas me regardait et je voyais bien qu'il me prenait pour une fée ou une sainte, une créature venue du ciel. J'ai pris sa main et je l'ai guidée contre l'écorce, j'ai frotté des feuilles entre ses doigts, lui ai fourré le nez dans les fougères. D'où me venaient tous ces gestes je n'en savais rien, d'une vie ancienne, d'une part enfouie de moi-même, de Clara peut-être, je la sentais partout alors, partout autour.

La grotte n'était plus qu'à quelques mètres. C'était juste un morceau de roche et un trou creusé à l'intérieur. J'ai poussé la grille et rien n'avait changé. Sur le sol sablonneux traînaient des cierges et des bougies. J'en ai allumé trois, je m'y suis reprise à plusieurs fois, à cause de l'humidité. Les flammes ont commencé à trembloter, à éclairer un bout de tissu mité suspendu à un clou, un bouquet de fleurs fanées où la moisissure avait pris, deux statues de la Vierge et une du Christ couvertes de poussière, leur bois gonflé, leurs visages parfaitement sereins. Aux parois, des plaques de marbre clouées disaient la ferveur et la gratitude des gens venus prier ici. Dieu avait exaucé leurs prières, c'est ce qu'ils semblaient croire, ou bien se contentaient-ils de remercier la chance ou le hasard, la vie qui cette fois avait eu pour eux des égards. Le sol était jonché de bouts de bois où s'accrochaient des kleenex, des cannettes, des cartons de bières et des paquets de cigarettes. On venait ici nous aussi à l'époque, d'autres avaient pris notre place et il n'y avait rien à y redire. Comme nous dans la nuit, ils venaient là pour boire et fumer, allumaient un feu l'été, s'y planquaient pour baiser à demi nus enfouis sous le bruissement des arbres, les craquements de bois, les odeurs de terre, d'insectes et d'eau. Dans un coin s'empilaient des cahiers jaunis humides. J'ai tout de suite retrouvé les miens, un peu à l'écart coincés sous la grosse pierre, ils n'avaient pas bougé. Je les ai ramassés, j'en ai tendu un à Lucas et j'ai pris l'autre pour moi. Ils avaient bien vingt ans. Ils étaient entièrement remplis. J'ai tourné les pages et j'ai tout lu à la file, ces suppliques ces vœux ces prières. La mienne je l'ai reconnue aussitôt sous mon écriture d'alors, ronde à l'encre violette et les cœurs sur les i, c'était une prière pour Clara, pour qu'elle se réveille, qu'elle sorte du coma et qu'elle se remette à rire à danser à vivre comme avant.

Lucas s'est endormi la tête sur mes genoux. Il s'est remis à pleuvoir.

Quand on est rentrés c'était l'heure où les voisins se réveillent, tous en même temps à quelques minutes près. À part Martine je n'en connaissais aucun mais je savais tout d'eux. Ma vie était la leur, leur vie était la mienne, rien ne nous distinguait vraiment, rien ne distingue jamais vraiment personne. Le noyau dur est trop dur. Ici à l'abri des maisons, et partout ailleurs en France, toutes les vies se ressemblent. Se lever se nourrir travailler manger voir des amis aller au cinéma regarder la télévision passer voir sa mère s'occuper des enfants faire ses comptes les magasins l'amour tout est profondément pareil. À quelques détails près. Des variations mineures. Mais ce ne sont jamais que des détails. Des variations mineures. Et rien de plus. Avec Lucas on était complètement gelés, il ne sentait plus ses pieds ni ses doigts, ses lèvres étaient presque bleues, ou bien c'était la lumière du matin sur son visage blême. Le mari de Martine nous a vus arriver, il s'est engouffré dans sa voiture et il a démarré en trombe, à croire qu'on avait la peste ou la gale, à croire que d'une manière ou d'une autre on pouvait constituer une menace pour lui et sa petite vie de merde. Derrière la fenêtre de sa cuisine, sa si gentille épouse, tellement élégante dans sa robe de chambre en laine nous a regardés passer comme les attractions du jour. J'ai jeté un œil à Lucas et j'ai prié pour qu'il ne se rende compte de rien. Dans le pare-brise de la Clio, je me suis vue et j'étais dans un état lamentable, couverte de terre et les cheveux emmêlés collés par la pluie le vent la mousse et la poussière.

Devant la maison, la bagnole de flics, je l'ai tout de suite repérée. J'ai poussé la porte et dans le salon ça puait le tabac. Stéphane était là avec deux types, ils buvaient le café et leurs yeux étaient cernés, trois vieux cockers. Ils se sont levés comme un seul homme. Lise a dévalé les escaliers et s'est jetée dans mes bras. Elle me serrait si fort elle me couvrait de tant de baisers, on aurait dit que je revenais d'entre les morts. Ses cheveux parfumés sentaient l'abricot de synthèse. Son corps minuscule s'agrippait au mien, ses mains chaudes et douces s'accrochaient à ma peau et quand elle a craqué, qu'elle s'est mise à pleurer à renifler en répétant *maman maman j'ai eu tellement peur*, je n'ai pas vraiment su quoi faire à part lui embrasser les cheveux et lui répéter tout doucement *c'est fini maintenant maman est là, c'est fini mon ange*. On nageait en plein cauchemar. Stéphane avait l'air égaré, rongé aux sangs, il avait vieilli de dix ans. Les flics ont pris congé sans même m'adresser la parole. Stéphane les a raccompagnés à la porte, je l'ai entendu se répandre en excuses, leur promettre que ça ne se reproduirait pas, c'en était répugnant. Un des deux types lui a conseillé de mieux me tenir à l'avenir, on aurait dit qu'il parlait d'un clébard. Je suis montée dans la chambre avec les enfants, et de là-haut je les ai entendus discuter encore un bon moment, un des flics demandait à Stéphane si j'étais suivie par un médecin ou quoi et Stéphane a répondu oui, cet enfoiré a répondu oui, que j'avais des *antécédents* et de l'entendre comme ça prononcer ce mot, ça m'a donné envie de hurler, de tout bousiller autour de moi et d'exploser en vol. J'ai dit à Lucas d'aller se changer et d'habiller sa sœur. Juste avant de disparaître il m'a glissé à l'oreille *c'était bien cette nuit* et j'en ai eu les larmes aux yeux. Je me suis fait couler un bain brûlant. J'ai fermé à clé et je me suis glissée dans l'eau bouillante. Mon corps est devenu rouge, puis étrangement blanc et trouble. La pièce était remplie de buée. J'ai renversé la tête en arrière. J'ai laissé l'eau me noyer tout à fait. Je me suis pincé le nez et j'ai gardé les yeux grands ouverts. Tout était trouble et équivoque, tout ondulait.

J'ai entendu cogner à la porte. Dans l'eau ça a fait un bruit sourd, presque doux. La voix de Stéphane aussi je l'ai entendue, mais elle me parvenait à peine, déformée et lointaine comme dans un rêve. Les flics devaient être partis, il s'acharnait sur la poignée. Je suis remontée à la surface, juste un peu, histoire de respirer, mes narines dépassaient à peine, et je suis restée comme ça sans bouger d'un cil. Ça a duré des heures il m'a semblé, avec la voix dure de Stéphane qui se perdait dans le liquide, le bruit de ses poings contre la porte. De temps en temps, je replongeais tout entière pour que ça cesse, que le bruit se fonde dans celui de ma respiration noyée, de mon cœur et de mon sang que j'entendais battre dans mon cerveau. Il a fini par se lasser. Je suis remontée et dans la maison il n'y avait plus aucun bruit. L'eau était froide, je me suis mise debout dans la baignoire et j'ai entrouvert le velux. En bas dans la rue, je l'ai vu embarquer les enfants dans sa bagnole. Le petit n'avait pas dormi, où pouvait-il bien l'emmener? Sûrement pas à l'école. Ni dans son bus puisqu'on l'avait viré. Viré ou suspendu je ne savais plus, je ne me souvenais pas, je n'avais rien écouté quand il avait vidé son sac, je crois qu'il avait parlé de mise à pied, de congé maladie, mais je n'en étais plus tout à fait sûre. J'ai pensé s'il le prend avec lui, s'il me l'enlève comme ça, c'est qu'il pense que je pourrais lui faire du mal, que je suis vraiment un danger pour lui. Je me suis remise sous l'eau et elle était glacée. Autour de moi la buée avait disparu, s'était enfuie par le velux et sur les murs, le papier peint se décollait dangereusement, par endroits ça tombait en lambeaux. Quand je suis sortie ma peau était cramoisie. De fatigue, de mollesse, mes jambes se sont dérobées sous mon poids. Je me suis accrochée au rideau. Trois anneaux ont sauté et il pendait à moitié dans l'eau savonneuse.

J'ai regardé l'heure, on était en retard. Bechir était convoqué à neuf heures trente. On est entrés dans une salle grise et éclairée aux néons. Une dizaine de réfugiés attendaient, assis sur des chaises en plastique beige, leur convocation à la main et les yeux rivés au linoléum. Je les ai regardés mais je n'en ai reconnu aucun, je ne les avais jamais vus, ou alors je ne m'en souvenais plus, il y en avait tellement, il y en avait tant qui défilaient chaque jour. Les murs étaient couverts d'affiches concernant l'immigration clandestine, le droit d'asile, les visas, les titres de séjour, les arrêtés préfectoraux, les derniers décrets du ministre de l'Intérieur. Sur un panneau de liège, plusieurs coupures de presse parlaient du camp, des filières, des passeurs, des faux passeports qui circulaient. Un haut-parleur a grésillé le nom de Bechir et on s'est levés comme deux ressorts. On s'est dirigés vers le bureau 12. Bechir n'arrêtait pas de se frotter les doigts et de s'essuyer les paumes sur le velours de son pantalon. Je l'ai suivi jusqu'à une porte grise, avec juste un petit

156

rectangle doré et le numéro de la pièce écrit en noir. J'ai frappé mais personne n'a répondu. On a hésité un instant. Dans le haut-parleur, son nom s'est mis à grésiller à nouveau alors j'ai ouvert. C'était une salle aux murs laqués et crasseux, des traînées de peinture solide descendaient du plafond, parfaitement droites et s'achevaient en une boule minuscule qu'on avait envie de gratter avec les ongles. Au milieu des armoires remplies de dossiers à soufflets trônait une grande table. Derrière, quatre personnes s'impatientaient. On s'est assis et Bechir a commencé à se mordre les doigts, à rogner la peau durcie des phalanges. Je sentais sa jambe trembler tout près de la mienne. En face ils avaient cet air sévère et dur, débordé, qui vous met tout de suite mal à l'aise, vous réduit à que dalle. Ils n'ont pas dit bonjour ni quoi que ce soit. Personne ne peut imaginer à quel point face à eux dans ce contexte-là à ce moment précis on pouvait se sentir merdiques et méprisés et négligeables. Ils tournaient les pages d'un gros dossier, visiblement ils cherchaient celle qui concernait Bechir. Ils ont fini par la trouver et se sont raclés la gorge tous en même temps. Pourtant il n'y en a qu'une qui a pris la parole. C'était une femme petite et tout en nerfs, aux cheveux teints en roux presque rouge et au carré, d'une froideur de serpent. Rien qu'en la regardant j'ai su que c'était foutu, que cette femme n'avait pas de cœur ni le moindre soupçon d'âme. D'une

voix sèche et pressée elle a demandé à Bechir ce qui justi-
fiait sa demande. Un type à côté d'elle a commencé à
traduire. Bechir l'a coupé et lui a répondu directement
en français. Il cherchait un peu ses mots, sans doute à
cause de l'angoisse et de la peur. Isabelle lui avait dit que
la maîtrise de la langue pouvait jouer en sa faveur.
Que ça faisait toujours meilleure impression. Mais sur le
moment, j'ai surtout eu l'impression que ça les excédait.
Sa voix sortait à peine de sa gorge, quelque chose l'étran-
glait et son débit était bizarrement haché. Il a dégluti
avant de reprendre son explication. En Iran, il était
membre d'un parti d'opposition, on l'avait dénoncé.
Il avait passé quatre ans en prison, on l'avait torturé,
brûlé, électrocuté. Sa mère était morte sous ses yeux, elle
s'était interposée quand ils étaient venus le chercher, un
des types l'avait poussée sur le sol, elle était morte sur le
coup à cause du choc.

– Oui, bon, ce n'est pas de votre mère qu'il s'agit, a
fait la bonne femme. Venez-en aux faits.

Elle a dit ça et sur ma chaise j'ai essayé de ne pas
fondre en larmes ou de trembler ni rien. J'ai essayé de ne
pas me jeter sur elle pour la mordre ou lui arracher la
gueule et franchement pour dire la vérité, aujourd'hui je
regrette d'y être parvenue. Je regrette de m'être retenue.
Ça n'aurait rien changé mais au moins je lui aurais massacré la gueule. À côté de moi, Bechir ne disait plus rien,

il semblait complètement désemparé, désorienté, abasourdi. En face de nous, j'ai bien vu qu'elle s'impatientait. Elle pianotait du bout des doigts en soupirant, sans rien perdre de son air supérieur ni de sa morgue.

– Vous nous faites perdre notre temps, là, elle a craché. Bon. Vous dites que vous avez été torturé, que vous êtes menacé dans votre pays, vous avez des preuves de tout ça?

Sans un mot, Bechir s'est levé. Très lentement, presque malgré lui, comme si ça le répugnait, il a soulevé son pull. Les dents serrées le regard fixe et rivé à la fenêtre du fond il a fait ça. Il ne les a pas regardés. Pas un instant. Il a gardé son pull soulevé pendant plusieurs secondes, et tout ce temps il les a ignorés. Je n'ai pas pu m'empêcher de voir. Son torse était couvert de cicatrices. Il y en avait partout. Des traits gonflés de chair abîmée et rougeâtre. Des marques violettes. Des traces de coutures. J'ai dû m'accrocher à ma chaise. Dans ma tête je me chantais une petite chanson, une chanson que Lise aimait bien, une chanson bête et joyeuse qui me rassurait d'habitude. Mais ça n'a servi à rien. J'ai continué quand même. J'ai dû chanter à voix haute, je me suis pas rendu compte, j'étais tellement choquée. La femme en face a planté ses yeux sur moi. On aurait dit qu'elle venait de se rendre compte de ma présence. Bechir s'était rassis depuis au moins une minute. Il régnait un silence de plomb. Elle m'a demandé qui j'étais et ce que je foutais là.

– Je l'accompagne. Je suis bénévole au centre d'aide.

J'ai dit ça sur un ton de petite fille grondée. Je me serais foutu des claques. Elle m'a regardée de bas en haut, elle a promené ses yeux sur moi froidement, avec tout le mépris dont elle était capable et à mon avis, dans ce domaine, elle était capable de beaucoup. Elle m'a ordonné de sortir, je n'avais rien à faire là. Je me suis levée et j'ai titubé jusqu'à la porte. Je ne l'ai pas fermée tout à fait. Je suis restée à écouter, debout dans le couloir désert. L'entretien a repris. Hors d'elle, elle a demandé à Bechir s'il avait des preuves. Des preuves tangibles du danger qu'il courait dans son pays.

– Maintenant que vous avez purgé votre peine et dans la mesure où, si mes informations sont bonnes, vous n'êtes plus membre du parti, vous n'êtes plus sous le coup d'aucune menace précise, non ?

– Ma femme et mes filles sont en Angleterre. Je n'ai plus rien à faire là-bas, a répondu Bechir.

À ce moment précis, j'ai su que c'était mort, qu'il était comme un lapin pris au piège dans le viseur d'un chasseur éméché. Qu'il avait commis la faute qu'ils attendaient depuis le début. Je pouvais très bien imaginer le sourire de la fille, la satisfaction qui devait se lire sur leurs visages constipés à tous les quatre.

– Si je comprends bien, vous sollicitez un titre de séjour en France pour pouvoir illégalement gagner l'Angleterre, et ce pour pure convenance personnelle et familiale.

Je n'ai pas écouté la suite, c'était au-dessus de mes forces. Je suis partie, je me suis perdue dans ce foutu dédale de couloirs aux murs pareils. Je suis passée devant des rangées de portes bleues, j'ai pris des escaliers que personne n'avait dû emprunter depuis des années. J'ai fini par trouver la sortie et dehors la lumière m'a déchiré les yeux, j'ai happé l'air comme un poisson hors de l'eau, je me suis cognée à un passant et j'ai trouvé un banc pour m'asseoir.

Bechir est sorti dix minutes plus tard. À son visage fermé j'ai compris que cette fois, c'était bel et bien fini. Il s'est assis près de moi, il a pris sa tête entre ses mains et il est resté un long moment comme ça immobile. Quand il a relevé son visage vers moi ses yeux étaient rouges.

— Je suis désolée, j'ai dit, et il m'a fait signe que c'était rien, de toute façon c'était foutu d'avance, la décision était prise avant même qu'on arrive. Qu'est-ce que tu vas faire ? je lui ai demandé.

— Je sais pas. Pour l'Angleterre, j'ai un passeur, il y a un départ bientôt mais il faut mille cinq cents, je peux trouver cinq cents mais il manquera toujours.

On est montés dans la voiture et je l'ai laissé devant le Monoprix. Il a rejoint un groupe de types qui faisaient la manche. J'ai reconnu Drago parmi eux, et aussi Abbas, chez lui il était cuisinier et ses enfants étaient morts sous les bombes.

Au centre, Isabelle ne savait plus où donner de la tête. Ils étaient des dizaines. Ils venaient chercher des pulls, des couvertures, des vêtements chauds, des bonnets et des gants pour la nuit. Elle m'a interrogée du regard. Elle n'a pas eu besoin que je lui dise quoi que ce soit pour comprendre. Rien qu'à mes yeux elle a saisi, pour Bechir comme pour les autres, comme pour tous depuis quelques semaines, c'était l'expulsion immédiate. Dans l'arrière-salle, Josy et Jean-Marc discutaient en fumant des cigarettes. Ils parlaient de Bernard et des chances qu'il avait de s'en sortir. D'après eux elles étaient minces, il suffisait d'écouter cet enfoiré de ministre de l'Intérieur, la veille encore à la télévision. Une manifestation était prévue samedi devant la mairie. Des Parisiens viendraient en bus pour épaissir les rangs du cortège, Jean-Marc les espérait nombreux. Je les écoutais sans vraiment rien entendre, sans rien enregistrer. C'était comme s'ils avaient parlé une autre langue. C'était comme s'ils avaient parlé d'autre chose.

J'ai allumé une cigarette et j'ai pris une bière dans le frigo. J'avais du mal à reprendre mon souffle. J'ai rejoint Isabelle et elle s'activait comme toujours. On manquait de couvertures. Les stocks de bouffe commençaient à diminuer dangereusement. Les dons se tarissaient, c'était inévitable. Ce matin-là, elle avait déblayé son grenier, elle avait fait de la place pour quatre lits supplémentaires, avec le froid elle allait devoir accueillir plus de réfugiés.

On a fermé le centre et on a filé chez elle. Je n'avais rien mangé ni la veille ni le matin. Rien non plus à midi. Dans le miroir de l'entrée je me suis regardée et ma peau était translucide et verte. J'étais légère et creusée, au bord de quelque chose d'indéfinissable. Comme en suspension.

Le salon était plein de cartons à moitié ouverts et remplis de vêtements ou de jouets.

– Les jouets c'est pour Lucas et Lise, elle a fait. Tu peux les emporter chez toi.

– Et le reste? j'ai demandé.

– Ben le reste, c'est pour le centre. Pour qui tu veux que ce soit?

J'ai préféré ne pas lui poser de question mais je savais parfaitement d'où ça venait ces chemises épaisses de bûcheron, ces pantalons de toile, ces blousons ces tee-shirts bardés d'inscriptions U.S., basket, base-ball et football américain. Ça se voyait rien qu'à ses gestes, à sa voix qui tremblait, à ses yeux.

– Tu es sûre que tu veux te séparer de tout ça?

Elle a hoché la tête et sa bouche a formé un sourire désolé et poignant. Au bord des larmes elle souriait encore, avec cette douceur insensée dont seuls les rescapés sont capables.

– De toute façon, maintenant que le grenier est transformé en dortoir, j'ai plus la place. Et puis c'est rien tout ça. Juste des vêtements. J'ai gardé les photos. Et ma tête, tout ce qu'il y a dedans.

J'aurais voulu la protéger. J'aurais voulu l'immuniser. Même si c'était beaucoup trop tard. Même si sur elle le malheur s'était abattu sans faire de détail. Elle a levé son visage vers le mien. Je l'ai enlacée. Je l'ai enlacée mais j'ai eu la sensation soudain que c'était elle qui me serrait, elle qui me protégeait de ses bras. Nos visages se touchaient et son haleine était douce. Très lentement j'ai posé mes lèvres sur les siennes. Je ne sais pas ce qui m'a pris. Mais elle n'a pas semblé surprise. On est restées bouches collées un long moment. Les yeux fermés, c'était d'une tendresse inouïe. C'était tendre et tiède.

Isabelle s'est allumé une cigarette, j'ai repris une bière et on est montées au grenier recouvrir les matelas de draps-housses et virer les araignées à coups de balai.

Ils sont arrivés vers dix-huit heures. La plupart c'étaient des habitués, ils nous ont à peine dit bonjour, ils ont traversé le salon et se sont précipités vers la cheminée pour réchauffer leurs doigts bleus. Bechir n'était pas avec eux, il avait parlé de trouver de l'argent, je me suis demandé ce qu'il pouvait bien être en train de faire pour ça. Un des types a allumé la télévision et on n'a plus entendu qu'elle. Ils filaient à la douche les uns après les autres et en silence, ils glissaient dans la maison et se fondaient aux murs, on aurait dit des fantômes. Sur l'écran Jean-Pierre Foucault faisait gagner des millions à des décérébrés en habits du dimanche. Il régnait une fatigue si lourde et pesante ce soir-là. Comme avant un orage. L'air poissait, charriait une angoisse diffuse. Drago et les autres avaient les traits tirés, le visage creusé. Abbas semblait au bord des larmes ou de se battre pour un rien, un mot de travers, un regard trop appuyé. Ils ont mangé les yeux rivés au téléviseur. On entendait juste des bruits de bouche et de succion par-dessus les « c'est votre dernier mot ? Oui, Jean-Pierre, c'est mon dernier mot ». Qu'est-ce qu'ils pouvaient bien comprendre à ce truc ? Quel intérêt ça pouvait avoir pour eux ? Je coupais du pain à la chaîne et quand je leur en tendais un morceau ils ne me regardaient pas, hypnotisés par la petite boîte et ses images mauves. Pas un merci. Pas un sourire. Isabelle se rongeait les ongles. J'ai pensé que quelque chose allait arriver qu'on ne pouvait pas empêcher. Il n'y avait qu'à attendre. C'était comme un pressentiment, une vision.

Les flics, quand ils sont entrés, je crois que ça m'a même pas surprise. Ils ont fait valdinguer la porte et se sont abattus sur nous en une demi-seconde. Sans un mot. Personne n'a eu la force de résister, de fuir ou de se battre. Ils ont mis tout le monde à terre, la joue contre le carrelage et les mains tordues dans le dos. On s'est tous retrouvés comme ça, le corps douloureux à respirer fort et à se regarder comme des animaux affolés. Leurs chiens nous reniflaient et grognaient en montrant les dents. Dans l'encadrement de la porte, légèrement en retrait, j'ai reconnu les deux flics du matin à la maison, le blond et l'autre un peu plus vieux avec ses moustaches et les poils qui lui sortaient du nez. Ils se taisaient, ils ne bougeaient pas. Ils regardaient leurs collègues, penchés sur nous, qui grinçaient qu'on était des putes et des putains de bougnoules, des rats, des larves, ils disaient ça avec un calme effrayant. Ils ont vidé tous les tiroirs, consciencieusement ils ont renversé tous les meubles, puis ils sont montés dans la chambre et ils ont tout flanqué par terre.

– Alors c'est là que ça se passe vos partouzes. Deux poufiasses pour quinze ils s'emmerdent pas les Kosovars...

Ils sont redescendus à la cuisine. On a entendu des tombereaux de vaisselle se briser sur le carrelage. J'avais envie de hurler, j'aurais voulu que tout ça s'arrête d'un seul coup, que tout disparaisse et moi avec. Ils ont fini par nous relever et quand il m'a tenue contre lui ce putain de flic, je peux jurer qu'il ne s'est pas gêné pour me toucher le cul et me palper les seins en douce. Je pouvais sentir sa queue raide contre mes fesses. Ils ont passé les menottes à tout le monde, sauf à Isabelle et moi. On aurait dit qu'ils hésitaient. Les deux flics se sont approchés de nous, ceux que j'avais vus avec Stéphane le matin même. Le blond a fait «on embarque la petite brune, l'autre on laisse tomber». Et tout le monde est sorti la tête basse. Ils sont partis en faisant gueuler les sirènes et je me suis retrouvée seule au milieu du salon dévasté.

Quand j'ai ouvert la porte ils étaient à table. Ils se sont retournés et Lise a eu ce sourire immense qui lui mangeait le visage. Autour d'eux il y avait des ballons gonflés et, dans les assiettes, des chamallows des fraises tagada des frites Haribo. Lise s'est précipitée vers moi elle m'a sauté dans les bras, elle était contente de me voir, c'est ce qu'elle m'a dit alors, qu'elle était vraiment contente que je sois là elle avait eu peur que j'aie oublié.

– Oublié quoi? j'ai demandé, et à l'instant même de poser cette foutue question j'ai compris.

J'ai vu son regard se figer, la déception l'envahir, lui tordre le ventre et lui foutre les larmes aux yeux. C'était son anniversaire. Son putain d'anniversaire. Qu'est-ce que je voulais que ce soit d'autre ce jour-là? Et les bonbons les ballons les guirlandes à mon avis c'était pour quoi ? Stéphane s'est levé et il m'a pris Lise des bras. Il me l'a confisquée.

– Maman blague, il a fait. Bien sûr qu'elle se souvient que c'est ton anniversaire. Elle est un peu en retard c'est tout, mais elle va manger le gâteau et tu vas avoir tes cadeaux ma puce.

Je me suis assise, je tremblais de la tête aux pieds, je devais être pâle comme un linge et cet enfoiré me regardait en coin. Je ne pouvais m'empêcher de me demander s'il était au courant, s'il savait que les flics avaient débarqué, si avec eux il avait conclu un marché. Dans mon assiette il a collé des chips et six nuggets de poulet. Il a rempli mon verre d'Orangina. C'était le repas préféré de Lise, son menu d'anniversaire depuis au moins trois ans, ça et le gâteau à la noix de coco avec les bougies qui se rallumaient toutes seules, la carte qui faisait de la musique et une Barbie de collection. Elle avait déjà la geisha, la princesse chinoise, et Scarlett O'Hara. La prochaine sur sa liste, c'était la fiancée du pirate.

Le gâteau est arrivé. Les bougies crépitaient et tout le monde a chanté. La petite a soufflé et ça n'a pas manqué, les bougies se sont rallumées mais personne n'a vraiment eu le cœur à en rire. Tout ça commençait à ressembler à une comédie grotesque. Les enfants me scrutaient comme une bête curieuse. J'ai entrepris de découper le gâteau.

En face de moi, Stéphane me faisait des signes que je ne comprenais pas. Ses lèvres articulaient des sons muets et il a dû s'y reprendre à trois fois. LE CA-DEAU. Les enfants observaient notre manège et au fur et à mesure que le temps passait, je voyais Lise devenir blême devant ses bougies éteintes. Lucas regardait son assiette et rentrait la tête dans les épaules, il attendait que l'orage éclate et sous la table, je crois bien qu'il serrait la main de sa sœur pour la protéger de je ne sais pas quoi. Quand elle a compris que non, je n'avais pas rapporté son cadeau, que j'avais complètement oublié, que ça m'était sorti de l'esprit et que pour tout dire, pas un instant ça n'y était entré, la petite s'est décomposée tout à fait et elle s'est mise à chialer. J'ai regardé Lucas et j'ai senti que cette fois il me lâchait. Stéphane a pris Lise dans ses bras, elle était inconsolable mais il essayait de la consoler quand même, il lui répétait que c'était pas grave, qu'ils iraient demain, que le magasin était fermé et que des Barbies ils n'en avaient plus de toute façon c'était pour ça, c'était pour ça que maman n'avait pas pu rapporter son cadeau et pas parce qu'elle avait oublié. Il la couvrait de baisers et Lucas faisait pareil, tous les deux me lançaient des regards noirs, j'étais impardonnable et je le savais, je ne pouvais rien faire ni rien dire pour rattraper ça alors j'ai quitté la pièce, sans un mot j'ai quitté la pièce et j'ai gagné la chambre, je me suis couchée je me suis glissée sous les draps tout habillée. Je me suis endormie aussi sec, j'étais lourde comme un arbre.

Je me suis réveillée au milieu de la nuit et j'étais seule dans le grand lit. Je me suis levée. Les chambres des enfants étaient vides. Je suis descendue et au salon, Stéphane avait disposé trois matelas les uns contre les autres. Lise était lovée dans ses bras et Lucas lui tournait le dos. Ils dormaient tous les trois. Sur la table, les restes du dîner n'avaient pas été débarrassés et le gâteau était intact. Voir ça m'a anéantie. Je me sentais en dessous de tout et comme niée. J'avais l'impression que mes enfants étaient désormais séparés de moi par une paroi de verre. Je pourrais toujours les regarder mais plus jamais les toucher ni leur parler. J'étais devenue une étrangère. J'étais passée de l'autre côté. Je me suis agenouillée près du petit. Du bout des doigts j'ai replacé la mèche de cheveux qui lui barrait le front. J'ai touché sa joue, j'y ai posé les lèvres et au même moment ses yeux se sont ouverts. Je lui ai souri comme j'ai pu. Ça devait ressembler à une grimace. Il a refermé les yeux et j'ai murmuré son prénom.

– Va-t'en maman.

C'est tout ce qu'il a dit et ces mots je les entends encore, ils m'ont fendue en deux. Je suis allée me recoucher. J'ai pris deux somnifères avec un grand verre d'eau.

Quand je me suis réveillée le jour était levé depuis longtemps et les enfants à l'école. J'ai sauté dans mes vêtements je ne me suis pas lavée, c'était comme si la maison son silence et la soirée d'hier allaient se refermer sur moi et m'étouffer. J'allais exploser d'une minute à l'autre, j'en étais sûre. J'ai préféré ne pas m'attarder sur la maison, le jardin les meubles et les murs, la table à repasser les restes du petit déjeuner, les miettes le pot de confiture la boîte de Nesquik, je suis montée dans la voiture et j'ai foncé vers la mairie. Les rues étaient désertes. On aurait dit que la ville avait été vidée de ses habitants. Le ciel était si bas qu'on pouvait le toucher en levant les bras. Il n'y avait plus rien. Plus de tente plus de tréteaux plus de chaises plus rien. Tout avait été démonté. Tout gisait en tas sur le sol, entouré de barrières avec des flics en uniforme autour. J'ai roulé vers le centre, je pensais à Isabelle aux menottes, je pensais aux réfugiés je me suis demandé où ils pouvaient bien être, ce qu'on allait leur faire. Là-bas aussi c'était fini, ils avaient condamné

172

les portes et les fenêtres et c'était bourré de flics. Je me suis garée près des barrières, ils en avaient mis partout comme si l'endroit était dangereux, comme si un crime venait de s'y dérouler. J'ai baissé la vitre et le type posté devant l'entrée m'a dit de circuler.

– Qu'est-ce qui se passe ?

Il a marmonné qu'il ne se passait rien, juste qu'ils fermaient le centre d'aide, qu'ils arrêtaient la distribution de nourriture. Bientôt, ils allaient ratisser la ville et renvoyer les réfugiés chez eux par charter.

Je suis repartie. J'ai continué à rouler. Je suis sortie de la ville, j'ai roulé au milieu des maisons, des entrepôts, j'ai traversé des zones commerciales et des zones industrielles, j'ai longé des kilomètres de lotissements, de champs marron et j'ai fini par tourner vers la mer. La route s'échouait au bord des falaises, je me suis garée et la craie blanche tombait à pic, de là-haut l'eau vous attirait comme un aimant et le sable était d'un blanc lunaire. De là-haut on dominait tout, au large le ciel était dégagé et semblait infini. J'ai marché transpercée par le vent, je le sentais dans mes os dans mon cœur je le sentais jusque dans mes dents. Il lavait tout, le paysage et la lumière, resserrait les peaux, rognait la craie. J'ai marché dans l'air et le bruit de la mer fracassée, plus rien ne pesait tout à coup, plus rien n'obstruait mon cerveau j'étais comme lavée, j'étais un corps qui marche et rien d'autre, un corps qui vole un corps gazeux un corps en suspension, invisible incolore indolore absent fondu élémentaire. Des larmes me coulaient dans les yeux à cause du vent, et sur les lèvres j'avais le goût du sel. J'ai pris le petit chemin, celui qui descend sur le sable, au fur et à mesure que j'approchais le grondement de l'eau s'amplifiait et remplissait mon cerveau jusqu'à ce qu'il n'y ait plus le moindre centimètre cube libre à l'intérieur. Dans chacune de mes cellules la mer vibrait et le sable, il volait, partout il volait, ça venait se nicher sous les paupières, contre les gencives, l'eau battait sans relâche, moussait dans un vacarme total. J'étais seule et perdue face à la mer infiniment mouvante, immobile et épaisse, le vent avait tout dégagé et maintenant elle luisait étincelante sous le soleil argent. J'ai enlevé mes chaussures et l'eau glacée est venue me lécher les chevilles, les mollets, les cuisses et les fesses. Ma robe collait à ma peau froide comme un glaçon. Je sentais dans chacun de mes membres une morsure atroce et apaisante, j'avais la sensation d'être brûlée au fer rouge mais que c'était pour mon bien. Je suis restée comme ça au-delà des limites du supportable, le souffle coupé, le vent l'air vibrant me ponçaient les poumons comme des milliers de morceaux de verre, me récuraient tout entière, me lissaient emportaient tout sur leur passage, toute la merde les tripes et les viscères, le sang et les nerfs, je me sentais pure et transparente et lavée.

De l'autre côté, le sentier montait raide au milieu d'une lande rase et jaunie. La bruyère et les fougères mangeaient les pierres nues, les herbes rases et tondues, maigres et piquantes. Ça débouchait sur un champ en désordre, une étendue incertaine et inculte. Une église se dressait là, rongée et vieillie, bouffée par le sel. On y entrait en poussant une lourde porte de bois piquée de clous en fer. Tout s'est apaisé soudain. L'air y était parfaitement immobile, le silence à peine troublé par la rumeur au-dehors. Je me suis avancée vers l'autel, quelques fleurs tenues ensemble par une ficelle séchaient à même la pierre crevassée. Je me suis agenouillée et le sol m'a râpé la peau. J'ai fermé les yeux. Je n'ai pas joint les mains. Des mots sont sortis de ma bouche que je ne connaissais pas, qui ne m'appartenaient pas. Ils sortaient sans que j'y pense, les uns derrière les autres, comme si quelqu'un à l'intérieur de mon ventre et de mon crâne les prononçait pour moi. Jamais plus qu'à ce moment précis, plus qu'à aucun moment de ma vie je n'ai eu la sensation de me tenir à ce point au bord de ma folie.

J'ai regagné la voiture dans un état second, comme à un autre étage du monde. Plus rien n'avait de consistance ni de réalité, plus rien n'avait d'épaisseur ni de matière. Je suis retournée en ville, je suis repassée devant le centre et la mairie. Il n'y avait plus personne, même les flics avaient quitté les lieux. J'ai roulé jusqu'à la gare, jusqu'au port mais là non plus je n'ai trouvé personne. Ils devaient se planquer dans la forêt ou dans le parc. J'ai fait un crochet par le Monoprix et ils étaient une quinzaine regroupés là. Bechir était parmi eux assis le dos contre la vitrine, la tête entre les mains, on aurait cru qu'il dormait. J'ai klaxonné et ils m'ont tous regardée comme si j'étais le diable. Bechir s'est levé et j'ai bien vu ce que ça lui coûtait de venir à ma rencontre sous le regard des autres. Tout le monde savait pour la veille, tout le monde savait que c'était ma faute, ils m'en voulaient et je pouvais très bien comprendre ça, je crois qu'à leur place je me serais jeté des pierres. J'ai baissé la vitre et Bechir s'est penché vers moi, il me regardait avec tellement de pitié. Il m'a dit «faut pas rester là, Marie, c'est fini. Tu peux plus rien faire pour nous, tu peux plus rien faire pour personne».

— Monte, je lui ai dit.

— Pourquoi?

— Monte je te dis.

Il a lâché un long soupir, il a paru hésiter. Puis il a fait le tour de la voiture et il est monté. J'ai redémarré. Il a ôté ses gants, tendu ses doigts vers les bouches d'aération. J'ai augmenté le chauffage. Un souffle brûlant est venu me lécher le visage.

— Tu pars quand? je lui ai demandé.

— Je pars pas, il a répondu. J'ai pas l'argent. Le départ est à dix-neuf heures et j'ai pas l'argent.

J'ai pris à droite vers chez moi. Le soleil rasait les toits et se pendait aux poteaux télégraphiques. Les lignes électriques remplissaient l'horizon.

— Où on va?

— Chercher de l'argent, j'ai répondu.

J'ai encore pris à droite et des paquets de maisons neuves se serraient les coudes. Au carrefour il y avait juste une boulangerie, un bar PMU et le Crédit Agricole. Je me suis garée devant la banque et Bechir a regardé la vitrine, incrédule, les publicités suspendues, les stores baissés sur la moquette des bureaux et les plantes grasses.

— Tu peux pas faire ça pour moi, il a dit.

— Si, je peux, et puis ça me regarde. Mille euros c'est pas le bout du monde, tu me les rembourseras quand tu seras là-bas en Angleterre, que t'auras rejoint ta femme et ta fille. Je viendrai te voir et elles me feront des beaux ongles. T'as vu mes mains elles ne ressemblent à rien.

Il a regardé mes doigts un moment, la peau rouge et rongée, la nacre cassée par endroits, les petites taches blanches au milieu.

Je suis entrée dans la banque, au guichet je ne la connaissais pas, elle devait être nouvelle. Dans l'échancrure de son chemisier on voyait ses seins en entier et j'ai pensé que ça devait être une nouvelle méthode pour faire passer les agios aux travailleurs. J'ai demandé à retirer mille euros en espèces. Elle a fait la grimace en plissant ses jolis yeux maquillés. Elle ne pouvait rien faire. Il fallait que je voie ça avec mon conseiller.

— OK, j'ai dit.

— Ah oui mais le problème c'est qu'il est en rendez-vous. Je vais regarder sur son agenda quand est-ce qu'il peut vous recevoir.

Je ne l'ai pas écoutée, je suis entrée dans son petit bureau vitré et il n'était pas plus en rendez-vous que moi. En me voyant il a souri, mais je crois que c'était un tic, un truc automatique qui lui faisait retrousser les lèvres et découvrir ses belles dents blanches dès que quelqu'un se présentait devant lui. Du haut de ses vingt-cinq ans, engoncé dans son costume gris chemise bleue cravate à motifs, il m'a priée de m'asseoir avec ce putain de ton cérémonieux commercial hypocrite qu'ils ont tous. Il avait sur le front deux gros boutons rouges qui le rajeunissaient encore, on aurait dit un adolescent, on aurait dit qu'il sortait tout juste de l'école et c'était sûrement le cas. Je suis restée debout. Je ne l'ai pas laissé me baratiner, me faire la causette et comment ça va aujourd'hui, et votre mari et les enfants? Je lui ai donné mon numéro de compte et je lui ai demandé mes mille euros. Je sentais bien que je parlais trop vite et d'une voix un peu hachée. Ça devait se voir que je n'étais pas dans mon état normal mais je m'en foutais, je voulais mes mille euros et tout de suite. Il s'est mis à pianoter mollement sur son clavier, pendant ce temps mes yeux allaient et venaient sur les murs de la pièce et le bureau. Les plantes brillaient sous les lampes, on avait du mal à savoir si c'étaient des vraies ou des fausses, et aux murs des affiches vantaient les mérites de prêts immobiliers à taux réduit. Près de son pot à stylos il y avait une photo. Dessus une très jeune femme souriait, elle était blonde avec des grands yeux verts, je me souviens de m'être dit qu'elle était trop belle pour lui, c'était à se demander s'il l'avait pas découpée dans un magazine pour la foutre dans un cadre. Il a regardé l'écran un long moment, on aurait dit qu'il hésitait. Je ne voyais pas pourquoi. La situation me paraissait simple. Soit l'argent était sur le compte, soit il n'y était pas. Il a lâché un soupir théâtral, m'a lancé un rictus désolé, qui semblait signifier c'est pas si simple ma petite dame. Il a pris un ton de professeur pour m'exposer le problème. Il s'adressait à moi comme à une demeurée. Il parlait lentement avec des tas de détours. Je l'ai prié d'en venir au fait. Ce fut comme si je lui avais filé une claque. Il s'est redressé sur son siège.

– Si vous retirez cette somme vous atteignez la limite de votre découvert autorisé. Et nous sommes seulement le 15 du mois. Vous attendez d'autres rentrées ?

J'ai répondu oui, que c'était ça, j'attendais d'autres rentrées, c'était exactement ça, d'autres rentrées, je répétais ça en boucle et il m'a dévisagée d'un air suspicieux.

— Vous êtes sûre que votre mari est d'accord?

— Écoutez, cet argent j'ai le droit de le retirer oui ou non? j'ai gueulé.

Je ne voyais pas du tout ce que Stéphane venait faire là-dedans.

— Techniquement oui, il a répondu. Je ne peux pas vous en empêcher.

Il s'était fait tout petit derrière son ordinateur, je me suis demandé s'il allait disparaître sous la table ou quoi.

— Alors donnez-moi mes mille euros et on n'en parle plus, je lui ai dit.

Quand je suis montée dans la voiture, mon cœur battait la chamade, dans mes veines le sang circulait à toute vitesse, je pouvais le sentir et le rose à mes joues pareil. J'étais surexcitée. J'avais envie de danser de crier d'embrasser n'importe qui. Bechir devait se demander pourquoi je faisais ça et moi non plus je n'en savais rien. Je lui ai tendu la liasse de billets. Ce soir je l'emmènerais au rendez-vous et dans quelques jours il serait à Manchester, il pourrait serrer sa femme et sa fille entre ses bras. Il m'a regardée ébahi, et j'ai démarré. J'ai eu très faim tout à coup, très très faim. On s'est arrêtés devant la boulangerie, j'ai laissé le moteur en marche et je suis allée nous acheter des sandwichs au poulet. Après ça on a roulé jusqu'à la plage et on a mangé le cul dans le sable gelé en regardant la mer. Elle étincelait et semblait dure comme du verre. C'était à couper le souffle, vraiment. Il n'y avait personne à part nous, on a profité du spectacle et du goût de la mayonnaise. Le vent faisait voler des petits fantômes, des filins vaporeux qui circulaient à la surface des dunes éphémères. Quand on est arrivés au bout de nos demi-baguettes, on avait les doigts rouges et raides, le nez qui coulait, les oreilles congelées et je claquais des dents.

Bechir s'est levé et m'a fait signe de le suivre. On a marché un moment au milieu des chalets. Une bonne moitié avait été forcée et dedans il n'y avait plus que des préservatifs, des cannettes vides, des kleenex et des mégots. Tandis qu'il marchait, Bechir regardait partout autour de lui. Il semblait craindre quelque chose, vérifiait sans arrêt que personne ne nous suivait. On a continué comme ça jusqu'aux derniers cabanons, au loin les falaises se découpaient sur le bleu pâle du ciel, j'ai eu la sensation de voir ça pour la première fois de ma vie. Bechir a poussé une porte écaillée. Le verrou avait sauté et à l'intérieur trois planches de bois composaient des bancs acceptables autour du réchaud, des lampes de poche allumées en bouquet et du tas de couvertures humides et puant la sueur et la bière. Bechir m'a dit de m'asseoir et m'a enfouie sous deux couvertures épaisses. Je m'y suis emmitouflée comme dans un lit. Il a refermé la porte avant de disparaître à son tour sous trois épaisseurs de laine. On était bien, côte à côte et roulés en boule, les lampes de poche nous faisaient une lumière suffisante, on entendait le bois craquer et le ressac gronder à plein volume. Je sentais le sommeil me gagner et m'engourdir, je me suis laissée aller contre lui, la tête contre son épaule. Il n'a pas bougé. Je me suis endormie comme ça bercée par le boucan maritime et la tiédeur de son corps.

Je me suis réveillée en sursaut dans le noir. Les lampes étaient mortes et dehors la nuit était tombée, épaisse et lourde. J'ai regardé l'heure : on avait dormi pendant des plombes, on ne s'était rendu compte de rien, cajolés par les vagues comme des bébés dans le ventre dans leur mère. J'ai secoué Bechir et il a semblé émerger d'un autre monde. Il avait l'air complètement perdu, c'est à peine s'il m'a reconnue, s'il se souvenait qu'il était censé partir dans une heure. J'ai pris sa main et nous sommes sortis du chalet. C'était comme plonger en apnée dans un sac de glace, j'avais du mal à respirer tellement ça soufflait, ça m'arrivait comme des coups de poing dans la poitrine. Avant de monter dans la voiture on s'est regardés comme deux parachutistes sans parachute. J'ai rattrapé l'autoroute et les bagnoles filaient là-dessus comme des fusées, les phares blancs m'éblouissaient mais ce soir-là rien ne pouvait m'arriver j'en étais certaine, ce n'était pas moi qui conduisais c'était un moi ancien et presque inconnu, le moi d'avant Clara, le moi d'avant sa mort, le moi qui n'avait peur de rien. Bechir tripotait les billets dans la poche de son blouson. Sa jambe tremblait de gauche à droite et il se mordait les doigts en regardant par la vitre, même s'il n'y avait rien à voir, juste du noir sur le noir des champs à perte de vue et les feux blancs jaunes rouges orange des voitures rares. J'ai mis mon clignotant, l'enseigne Total et le toit de la boutique brillaient dans la nuit. J'ai fait le tour de la station et, sur le parking immense à l'arrière, des dizaines de camions étaient garés les uns à côté des autres. On aurait dit une armée de scarabées géants ou de cafards, même assoupis ils avaient quelque chose d'inquiétant. Au pied des cabines, des types discutaient en se soufflant sur les doigts, ou bien fumaient une cigarette en buvant une tasse de café brûlant. Je me suis garée le long de l'aire de pique-nique. Des tables de bois trouées d'initiales et de bites gravées au couteau gonflaient sous les éclairages blanchâtres et trois arbres nus. J'ai éteint le moteur et le bruit de nos respirations a tout rempli. Je me suis penchée vers le pare-brise mais je ne voyais rien. Bechir s'est penché à son tour et d'un geste de la main il m'a désigné un camion, un bahut de taille moyenne et très discret, à la tôle gris souris dénuée d'inscription, immatriculé en Allemagne. Devant, un type faisait le guet, il semblait très nerveux, aux abois. Pendant ce temps un de ses collègues faisait monter un réfugié. J'ignore d'où il pouvait bien sortir, il devait se cacher sous le camion d'à côté. Je me suis dit que peut-être je le connaissais, que c'était un de ceux d'hier et qu'il avait réussi à s'enfuir. Je voyais surtout des ombres, des silhouettes noires qui bougeaient dans la nuit, des mouvements furtifs. Juste avant de disparaître dans le camion, je l'ai vu tendre quelque chose au passeur, je suppose que c'était de l'argent, mille cinq cents euros en liquide, j'ai prié pour qu'il exige pas plus au dernier moment. J'ai demandé à Bechir s'il y avait ne serait-ce qu'une chance sur mille pour que le camion ne soit pas fouillé avant l'accès au ferry, j'avais vu les images à la télé l'autre soir, avant l'embarcation les camions en file et au milieu les flics avec leurs chiens qui déambulaient et faisaient ouvrir à peu près tout ce qui passait, obligeaient les routiers à descendre leur chargement puis à tout remettre, je les avais vus braquer leurs lampes sur les essieux et choper deux clandestins qui comptaient s'accrocher comme ça pendant tout le voyage, les traîner sur le sol et leur balancer des coups de matraque dans le ventre, les côtes, les jambes et les épaules pour qu'ils arrêtent de se débattre. Les chiens gueulaient tout ce qu'ils pouvaient et le commentateur s'extasiait sur l'efficacité du dispositif.

— Le passeur a dit pas de problème, a fait Bechir. Ce camion pas fouillé.

— Et le contrôle ? Le contrôle CO_2 ? Comment tu vas faire ?

De sa poche il a sorti un sac en plastique. Un instant je l'ai imaginé se plonger la tête là-dedans tandis qu'un type ouvrait le camion pour y passer la sonde. Je l'ai imaginé retenir son souffle pendant toute la durée du contrôle, respirer du carbone jusqu'à suffocation, je l'ai imaginé mort étouffé mais je n'ai rien dit, je me suis contentée de hocher la tête, j'ai regardé l'heure, je savais que c'était le moment. J'ai pris ses mains dans les miennes et je les ai serrées fort. J'ai fixé son visage un long moment, comme si je voulais m'en souvenir longtemps après. Ses yeux luisaient d'un éclat fiévreux et son visage un peu rond, ses traits lisses et doux, c'était sûrement la dernière fois que je les voyais. J'ai pensé ce type va mourir. Ce type va mourir et laisser une femme, une enfant, ce type va mourir parce qu'il voulait les rejoindre à Manchester. J'ai pensé que moi pour aller à Manchester je n'avais qu'à prendre le train et que lui allait mourir.

— Il vaut mieux que tu partes. Au cas où ça tourne mal.

Il m'a regardée une dernière fois et il a ouvert la portière. Il a contourné la voiture. Pendant près d'une minute, il est resté planqué contre le capot. Puis je l'ai vu traverser jusqu'au camion, recroquevillé, presque accroupi et le dos courbé. De la main sans se retourner, il m'a fait signe de démarrer mais je ne l'ai pas fait, je suis restée là à attendre qu'il monte, je voulais être sûre qu'il soit monté même si je savais qu'après ça il risquait à tout moment de se faire choper, sur le port à la douane ou même là-bas à Douvres et que je n'en saurais sûrement jamais rien. Il a parlé à un type, ça a duré dix secondes, peut-être vingt, je l'ai vu sortir des billets de sa poche, les tendre au type qui a pris le temps de les compter. C'est à ce moment-là que ça s'est mis à gueuler. Ça s'est mis à gueuler et à bouger dans tous les sens. Je n'ai pas compris ce qui se passait, je regardais partout autour de moi mais je ne voyais rien. Une dizaine de flics ont surgi de nulle part, ils ont braqué leurs lampes sur le camion. J'ai vu Bechir se protéger les yeux avec les mains puis se mettre à courir. Dans ma tête il n'y avait plus rien, plus de phrases plus d'images, seulement des cris et des éclairs. Bechir a disparu entre deux camions et les flics ont hurlé. Cinq d'entre eux se sont lancés à sa poursuite pendant que les autres montaient dans le bahut et menottaient les passeurs. Tout était tellement confus, je voyais juste des silhouettes disparaître et réapparaître entre les engins, puis ça s'est mis à zigzaguer sur la pelouse entre les arbres. Je n'en pouvais plus, je suis sortie de la voiture. Sur ma droite, une dizaine de réfugiés étaient allongés face contre terre, et les flics faisaient crépiter leurs talkies-walkies. J'ai traversé le parking jusqu'au bois, aux bruits j'ai compris qu'ils se dirigeaient vers la route, j'ai pressé le pas je courais presque et entre les troncs je l'ai aperçu. C'était plus fort que moi, j'ai hurlé son nom, ça n'avait aucun sens mais c'est ce que j'ai fait. Je l'ai vu sauter par-dessus la glissière de sécurité, les flics ont stoppé net ils ont sorti leurs flingues ils le tenaient en joue. Il a traversé les deux premières voies. J'ai entendu des pneus crisser et juste après un choc, un impact sourd. Comme une pastèque qui s'écrase sur du carrelage. Les flics ont sauté sur la voie ils ont traversé à leur tour en faisant des grands signes aux voitures pour qu'elles s'arrêtent. Je me suis approchée et d'où j'étais je pouvais voir la bagnole en travers et dans la lumière des phares le corps inanimé et la flaque de sang. Je ne sentais plus mes jambes ni le reste de mon corps, je ne me suis même pas sentie vomir là sur le bas-côté dans le talus ras.

Dans mon dos j'ai deviné une présence. Je sais que c'est idiot mais un instant, un court instant j'ai pensé c'est lui, c'est Bechir il est vivant. Je me suis retournée et deux types en uniforme me faisaient face. Ils m'ont demandé ce que je foutais là.

– Je sais pas, j'ai balbutié. J'ai entendu du bruit, il y a eu un accident.

– Ouais ben faut pas rester là madame, veuillez rega-gner votre véhicule.

J'ai obéi, je suis retournée à la voiture. J'ai démarré et j'ai quitté l'aire d'autoroute en pilotage automatique, tout allait trop vite même à soixante à l'heure. Je crois que c'est quelqu'un d'autre qui m'a ramenée chez moi, je crois que c'est quelqu'un d'autre qui conduisait, moi je ne me souviens de rien. Je me suis retrouvée garée devant la maison et c'était comme un miracle. À demi inconsciente j'ai éteint le moteur. Je suis restée là un moment. Hébétée dans l'habitacle surchauffé. Le sapin envoyait des effluves vanillés. Les rues du lotissement étaient désertes, la plupart des volets fermés, le silence était tellement profond, on aurait dit que personne ne vivait là. La fenêtre de Lucas était allumée, plusieurs fois je l'ai vu passer, il était en pyjama et faisait de grands gestes. Il m'a semblé qu'il parlait à quelqu'un. Stéphane n'était pas rentré, sa voiture n'était pas là. Le petit devait s'occuper de sa sœur, lui raconter une histoire ou jouer au mime.

Je suis entrée dans la maison. Tout le rez-de-chaussée était plongé dans le noir. Je n'ai pas allumé. Dans la cuisine j'ai ouvert le frigo, j'ai essayé d'avaler quelque chose. Je suis allée tout vomir dans les toilettes. Quand je suis ressortie les enfants étaient assis au salon, sage-ment assis côte à côte sur le canapé, ils m'attendaient.

J'ai sursauté puis j'ai vu leurs yeux immenses se poser sur moi, ceux de Lucas me suppliaient de l'excuser pour la veille au soir, ceux de Lise me pardonnaient pour tout et à jamais. Je n'ai pas supporté. Ces regards et ce que j'y lisais. L'effroi et cette demande impossible à rassasier, cette demande tout le temps partout, qui me clouait à vif. Ces yeux mouillés, cet appel. Ces quatre yeux posés sur moi, ces sourires tristes, ces faces d'anges j'ai pas supporté, à ce moment précis ils me faisaient horreur.

– Qu'est-ce que vous avez à me regarder comme ça? j'ai gueulé. Vous me faites chier. Vous comprenez, vous me faites chier.

Je crois que je me rendais compte de tout, à quel point j'avais l'air d'une folle et combien je le devenais. Je crois qu'à l'instant où je prononçais ces mots, je savais ce qu'ils avaient d'irréparable. Lise s'est mise à chouiner et la vue de Lucas la prenant dans ses bras, lui murmurant de ne pas s'en faire, que j'avais des soucis que j'étais pas méchante que je les aimais, ça m'a juste donné envie de hurler et de me cogner la tête contre les murs.

Je suis montée à l'étage, j'ai sorti les trois sacs de voyage. Des putains de sacs immenses qui n'avaient jamais servi à rien, à part au déménagement d'un bout à l'autre de la ville. Des voyages on n'en avait jamais fait tu parles. J'ai ouvert l'armoire de Stéphane et je l'ai vidée entièrement. J'ai tout bourré jusqu'à la gueule de ses chemises et de ses pulls, de ses pantalons, de ses vestes de ses manteaux de ses joggings de ses chaussures. J'ai pris l'escabeau et tout en haut de la penderie s'empilaient des couvertures, des duvets. J'ai tout pris. À la fin tout était plein à craquer. Dans la cuisine, j'en ai rempli un quatrième avec tout ce que je trouvais à boire et à manger. Lucas me suivait d'une pièce à l'autre, sa voix me vrillait le crâne il répétait *mais qu'est-ce que tu fais maman mais qu'est-ce que tu fais?* Il pleurait en même temps. Je sais que j'aurais dû me déchirer rien qu'à l'entendre, que j'aurais dû fondre en larmes, l'embrasser et lui promettre toutes les choses de la terre mais j'avais juste envie de lui foutre des claques. J'ai tout fourré dans la voiture, j'en ai mis dans le coffre, sur la banquette arrière et sur le siège avant droit, il y en avait partout, ça débordait de bouffe et de vêtements. J'ai démarré et dans le rétroviseur, j'ai vu s'éloigner la silhouette frêle et pâle de Lucas, il était encore si petit et si fragile.

À la sortie du lotissement j'ai pris à droite, le supermarché fermait à vingt et une heures, j'avais juste le temps d'y passer. J'ai rempli un caddie à ras bord rien qu'avec la bouffe, je l'ai laissé près des caisses et je suis retournée dans les rayons acheter des couettes à dix euros pièce, j'ai pris tout ce qu'ils avaient en rayon, en tout je m'en suis collé pour trois cents euros. J'ai fait un chèque. J'ai tout enfourné dans la bagnole, je me suis mise au volant, ça faisait au moins deux heures que je gardais les dents serrées pour les empêcher de claquer. J'avais peur. Je ne savais pas de quoi mais j'étais morte de peur. Je sentais tout craquer à l'intérieur, j'étais sur le point de voler en éclats, de tomber en poussière, c'était cette impression que j'avais exactement, et c'était une impression effrayante, j'en avais des suées de panique.

Devant le Monoprix fermé, ils étaient une vingtaine. Ils se tenaient en cercle autour d'un de ces réchauds qu'on utilise pour faire griller les marrons. Ils se serraient tous autour de ce petit rond de braises de trente centimètres de diamètre. Je me suis garée tout près d'eux. Au bruit du moteur ils se sont retournés. Ils ont dû penser que les flics arrivaient. En me voyant ils ont eu l'air plutôt rassuré. Plusieurs d'entre eux m'ont reconnue et leurs sourires m'ont chauffé le cœur et la peau. J'ai laissé les phares allumés et la lumière dans l'habitacle. J'ai ouvert le coffre en grand, j'ai mis une partie des sacs sur le trottoir et j'ai commencé à les déballer. De la main droite je leur ai fait signe d'approcher. Ils ont hésité un peu mais au bout d'un moment trois d'entre eux se sont décidés. Très vite les autres les ont rejoints. Et pas qu'eux. Les SDF aussi, qui se regroupaient quelques mètres plus loin, ils se sont approchés pleins de méfiance, ils regardaient les réfugiés d'un œil mauvais. D'habitude ils ne se mélangeaient pas. Plusieurs fois à la gare ou dans le parc ça avait dégénéré, quelques-uns d'entre eux avaient fini à l'hôpital. Sans que je leur demande rien ils se sont mis en rang et à la file. Je leur ai tendu des vêtements, des couvertures, de la nourriture, des cigarettes, de la bière, du vin rouge et du rhum pour tenir. Ils sont tous passés mais il me restait encore pas mal de trucs dans la voiture. J'ai tout remballé et j'ai roulé vers la plage.

La mer était si haute que les vagues venaient lécher les marches des chalets. Je suis passée derrière la première rangée, le vent avait formé des bosses et je m'enfonçais jusqu'aux chevilles en traînant mes victuailles. Ça pesait des tonnes, j'avais l'épaule et les cuisses endolories. Au-dessus de moi la lune était pleine et le ciel punaisé d'étoiles nimbait tout d'une lumière d'argent. Un à un j'ai repéré les cabanons forcés, les serrures absentes, les cadenas cisaillés, ils se terraient là-dedans sans lumière, sans respirer presque. Ils tremblaient de peur et de froid et le bruit de la mer ne les berçait pas. Au contraire, il les avalait, les empêchait de trouver le sommeil, leur promettait la fin du monde. J'ai ouvert une quinzaine de portes, peut-être vingt, derrière chacune ils étaient trois ou quatre et je leur tendais tout ce que j'avais, je leur tendais des choses au hasard et leurs mains les agrippaient, me touchaient parfois les poignets ou les doigts, ils prenaient tout et je refermais la porte sans voir leurs visages ni eux le mien.

Je suis retournée vers le port, après le phare il y avait un entrepôt vide, j'ai poussé la porte et il faisait un froid terrible à l'intérieur. Dans la semi-pénombre des corps s'agglutinaient, ils étaient des dizaines, des hommes, des femmes, des enfants, à même le sol au milieu des ordures, des sacs, des restes de nourriture, des bouteilles, des excréments, emmitouflés sous des couvertures ils cherchaient le sommeil. Tout sentait la pisse, la merde, la sueur, et sous la tôle des quintes de toux résonnaient, des pleurs d'enfants, des cris étouffés, des raclements de gorge. Je me suis avancée, j'ai enjambé des membres dont j'ignorais même s'ils appartenaient à des vivants ou des morts. Des rats grouillaient dans tous les sens, il y en avait partout, j'en ai vu un grimper sur un enfant, une petite fille endormie, elle n'avait pas plus de cinq ans. Je l'ai chassé d'un coup de pied et la gamine ne s'est même pas réveillée. J'ai donné tout ce que j'avais sur moi, tout ce qui me restait, j'ai regagné la voiture, j'ai rempli mon sac et j'y suis retournée, entrer là-dedans c'était comme plonger au cœur de l'enfer. J'ai repris la distribution là où je l'avais laissée, j'ai fait le tour du hangar, dans un coin une femme donnait le sein à un nourrisson, il avait quelques jours à peine, il avait dû naître ici, dans la crasse, la puanteur et le froid, quand elle m'a vue elle a tourné son bébé dans ma direction, il a hurlé en me fixant de son œil valide, l'autre était crevé et c'était juste un trou atroce, je me suis approchée et j'ai touché son crâne un peu mou, je leur ai tendu du lait, des biscuits et un savon.

Quand je suis repartie vers le parc, il pleuvait, une pluie glacée comme du givre. La porte noire était fermée, j'ai longé le mur jusqu'au grillage. Bechir m'avait expliqué comment ils faisaient pour y dormir. J'ai jeté mon sac par-dessus. Il est tombé dans la terre boueuse sans faire de bruit, comme sur un matelas de mousse. J'ai soulevé la ferraille abîmée et j'ai rampé, j'ai bouffé de la terre et des feuilles, je me suis écorché les mains, les genoux. Tout était noir entre les arbres serrés. Les troncs craquaient et trois corbeaux s'envoyaient des cris macabres. Ça débouchait sur les pelouses. Mon sac traînait dans la poussière du chemin. Je me suis approchée de l'étang. Tout autour c'étaient des bancs couverts de fientes d'oiseau. En temps normal, personne ne s'installait jamais dessus, ça servait juste de buts pour les jeux de ballon des gamins. Sur chacun, gisaient des corps recroquevillés, des visages qu'éclairaient à peine quelques bougies tremblotantes. Pour la plupart c'étaient des hommes plutôt jeunes avec leurs chiens, et d'autres sans âge et tellement abîmés, on devinait que ça faisait des années qu'ils dormaient comme ça dehors, qu'ils vivaient à la rue, c'était à se demander s'ils avaient connu autre chose un jour. À leurs pieds traînaient des bouteilles vides, du vin bon marché et de la bière à 8°. Je leur ai distribué des couvertures, du jambon, du pain, ce que j'avais sous la main, presque tous m'envoyaient paître, me gueulaient de dégager et de les laisser dormir. Je leur ai quand même donné ce que je pouvais et je suis repartie, j'ai continué mon chemin, je me suis enfoncée plus encore, à nouveau c'étaient les bois et de l'autre côté les jeux d'enfants où se réunissaient les Kurdes. Autour de moi les arbres avaient des grincements sinistres. Des plaques de glace s'étaient formées dans les creux du chemin de terre. Plusieurs fois j'ai manqué de glisser. J'ai ralenti et soudain je me suis retrouvée plaquée à terre, ma tête a cogné j'ai hurlé, on m'attrapait et j'étais incapable de rien voir, on m'agrippait on me traînait et ma tête a râpé contre le sol, j'ai heurté des cailloux. Je me suis débattue mais des mains m'ont serrée, m'ont étranglée et j'ai été complètement sonnée et griffée par les ronces. J'ai senti qu'on ouvrait mon manteau, qu'on déchirait ma chemise, qu'on empoignait mes seins. J'ai senti des mains me tordre et me frapper pour que je me taise, pour que j'arrête de bouger. J'ai senti mon nez craquer, et mon ventre s'ouvrir. J'ai entendu un cri, puis l'impact lourd de coups d'une violence inouïe. Et soudain je me suis retrouvée libre. Je suis restée collée au sol un moment. Près de moi on se battait. Quelqu'un était venu je ne saurais jamais qui, sûrement l'un d'entre eux n'importe

195

lequel, un de ces types échoués sur les bancs autour de l'étang, un de ces Kurdes entassés près des balançoires. Je me suis relevée. Près de moi les coups pleuvaient, je n'avais jamais entendu ça avant, le bruit que ça faisait vraiment des poings sur de la chair et des os. Je me suis enfuie, j'ai couru j'ai couru sans m'arrêter, j'ai traversé les pelouses et les bosquets, j'ai trouvé le grillage. Sur les trottoirs dans les rues, il n'y avait personne, les lampadaires brillaient pour rien. J'ai couru vers la voiture, j'ai pensé à rien d'autre qu'à rentrer à l'intérieur, dans ma tête à part ça c'était juste un champ de glace, des arpents de terre gelée. Mon nez pissait et j'avais froid. J'ai mis le chauffage à fond, j'ai jeté un coup d'œil dans le rétro, j'étais blanche et sale, des griffures saignaient et lacéraient mes joues.

C'est Stéphane qui m'a ramassée. Une fois de plus c'est lui qui était là et lui seul. Comme le jour où je l'avais rencontré et que je parlais seule dans un cimetière, comme plus tard quand tout partait de travers, ces heures sous les draps couchée au milieu de l'après-midi, ces maux de tête qui me vrillaient le crâne, ces larmes qui coulaient sans raison de mes yeux à vif, ces choses que je n'avais plus l'énergie de faire, m'habiller ou sortir ou m'occuper des gosses.

C'est lui qui m'a recueillie, qui m'a veillée. Qui d'autre de toute façon ? À part lui qui d'autre ?

Mon père est mort,
Ma mère est vieille,
Et tu n'as jamais existé.

C'était comme cette chanson de Nino Ferrer que mon père écoutait, cette chanson qui m'avait toujours collé des frissons.

Il a tout fait. Tout. Il a tout fait, m'a enveloppée de baisers, de tendresse, de douceur. Il a tout fait mais au fond de lui je crois qu'il savait comment tout ça finirait.

Ce soir-là, j'ai réussi à rentrer. Pourquoi et comment je ne saurai jamais. Entre le parc et chez moi je ne me souviens de rien. Je sais juste que plusieurs heures se sont écoulées. Je peux juste m'imaginer errer hagarde dans les rues, sur la plage, longeant la falaise. Ou bien dans la voiture la tête contre le volant et les yeux dans le noir. Tout le monde dormait. Du moins c'est ce que j'ai pensé. À cause des lumières éteintes et du silence, des respirations mêlées et profondes, de l'odeur de sommeil qui régnait. Je me suis traînée jusqu'à la salle de bains, j'ai enlevé mes vêtements, chacun de mes mouvements était un supplice, chaque geste m'envoyait un électro-choc, une décharge. Nue devant la glace, j'ai contemplé mon corps et je n'ai rien reconnu, ce n'était pas moi c'était autre chose, quelqu'un d'autre, j'avais l'air d'un cadavre, j'avais l'impression que tout mon sang m'avait quittée et que j'étais complètement sèche à l'intérieur.

Dans mon dos il était là. Il s'est avancé dans la glace, il portait juste un caleçon, un caleçon vert et une barbe de six jours mangeait un peu son visage. Des poils blancs se mêlaient aux noirs, ça lui allait bien même si ça le vieillissait. Je ne sais pas depuis combien de temps il se tenait là à m'observer en silence. Il a tout vu, tout : les bleus les griffures les écorchures, l'eau que je passais par litres sur mon visage, comme si ça pouvait laver, effacer quelque chose, mon corps pris de tremblements, secoué de spasmes incontrôlables. Les yeux clos j'ai cru m'évanouir, je suis tombée en arrière et il m'a rattrapée. Il m'a portée jusqu'au lit, m'a passé une chemise de nuit. Absente et molle je me suis laissée faire. Comme une poupée. Comme Clara plongée dans le coma les deux jours avant sa mort. Il est resté près de moi jusqu'à l'aube, jusqu'à ce que je m'endorme. Il murmurait des mots idiots, des mots très doux, de ces mots qu'on réserve d'ordinaire aux enfants fiévreux, il caressait mes cheveux, mon front glacé. Jusqu'à l'aube, à la lueur d'une petite lampe orange il est resté près de moi, à me tenir la main et à la serrer. J'ai fini par sombrer. J'ai fini par m'assoupir mais je crois que je me tenais juste sous la surface. Je dormais et Stéphane parlait à voix haute, il me parlait sans me parler et moi je l'entendais quand même. Il parlait des enfants. Lise était à bout de nerfs. Toute la journée elle avait pleuré pour un rien, elle m'avait réclamée, dormi d'un mauvais sommeil. Lucas, lui, restait stoïque mais ça bouillonnait fort derrière ses yeux, tout le monde pouvait s'en rendre compte. À l'école ça se passait de plus en plus mal. Ses camarades l'humiliaient, le frappaient, l'insultaient du matin au soir. Il fallait qu'il tienne quelques semaines encore, jusqu'aux vacances.

C'est ce que Stéphane disait, ensuite il ferait le nécessaire pour les inscrire ailleurs. C'est ce que Stéphane disait, assis près de moi qui dormait sans dormir. Pourquoi il me racontait tout ça? Dans la journée, Galland l'avait convoqué. C'était un type humain, fraternel, attentif. Il n'avait pu se résigner à le virer. Malgré les pétitions, malgré les pressions de l'école, de la mairie. Il s'était contenté de l'encourager à prendre du repos, lui avait donné l'adresse d'un médecin. Dans l'après-midi, Stéphane était allé le voir, et il était ressorti avec un arrêt de travail de deux mois.

– J'ai pensé que ce serait mieux. Je me suis dit comme ça je continuerai à recevoir un salaire, au moins pendant mon congé, et je serai là pour les enfants, et puis je pourrai m'occuper de Marie, on pourra parler elle et moi, j'avais réfléchi à tout ça tu sais, je me disais je vais la convaincre de retourner voir son médecin, elle va reprendre un traitement, on va calmer le jeu et tout va bien aller, on va tout reprendre à zéro et tout ira bien. C'est ce que je me disais cet après-midi encore tu vois. Cet après-midi en revenant de chez le médecin. J'espérais encore qu'on éviterait le pire. J'espérais vraiment qu'on éviterait le pire.

Il n'a pas fini sa phrase, il a pris ma main et l'a serrée si fort, j'ai compris qu'il pleurait, qu'il pleurait comme je ne l'avais jamais vu pleurer.

– Qu'est-ce qui s'est passé, Marie? Putain, qu'est-ce qui s'est passé?

Sa voix émergeait à peine des sanglots. Il a rallumé la lumière, soulevé le drap, remonté ma chemise de nuit jusqu'à mes seins. Je ne sais pas combien de temps il a fait ça, regarder les hématomes sur mon corps, les rougeurs et le reste. Il regardait ça et en boucle il répétait cette phrase: *mais qu'est-ce qui s'est passé, dis-moi ce qui s'est passé*. Je n'ai pas répondu, j'ai gardé les yeux fermés, j'étais incapable de les ouvrir.

– Plus jamais je te laisserai partir, plus jamais je te laisserai t'éloigner.

Ce sont les derniers mots que j'ai entendus. Après j'ai sombré complètement, plongé dans des eaux noires, des sables opaques.

Après ça je ne me souviens plus de grand-chose, ou bien des éclairs, des flashes, des images très nettes qui m'apparaissent au milieu du flou.

Après ça j'étais en pièces et ma vie aussi. Je me souviens de jours fracassés et brumeux, d'heures lourdes et incomplètes.

Le lendemain je crois que c'était un dimanche, les enfants n'avaient pas école, j'ai entendu Lise demander à Stéphane si j'étais rentrée, c'est sa voix qui m'a réveillée. J'ai ouvert les yeux et Lucas me regardait. Il se tenait debout et raide à deux mètres du lit, il était pâle comme un linge et sous sa peau on devinait le réseau des veines verdâtres qui parcouraient son visage, et sous les yeux des cernes gris-noir. Il avait dû passer la nuit à m'attendre. Lise est arrivée, elle a hurlé « maman est réveillée maman est réveillée » et Stéphane a rappliqué aussitôt.

– On peut venir avec toi dans le lit? a fait la petite.

Je n'ai pas eu le temps de répondre. De toute façon je n'en avais ni la force ni l'envie, je crois qu'une partie de moi n'avait même pas entendu la question, je crois qu'une partie de moi ne la voyait même pas.

– Maman est très fatiguée a fait Stéphane. Il lui faut du repos.

Et il a refermé la porte sur le silence de la chambre. Les rideaux n'étaient pas fermés, une lumière sale éclairait les murs et le plancher, tout était tellement triste et hideux, j'avais l'impression d'être à l'hôpital. Derrière la porte, je les ai entendus murmurer, je suppose qu'il essayait de rassurer Lise. Je suppose aussi que Lucas avait compris que cette fois il s'était passé quelque chose de grave. Au bout d'un moment j'ai entendu leurs pas dans l'escalier, et après plus rien. Je me suis rendormie une heure ou deux.

Quand j'ai essayé de me lever, j'ai eu la sensation de peser cent tonnes. J'ai passé une robe et ça m'a pris au moins dix minutes. J'étais ankylosée de la tête aux pieds, les os secs et rouillés. Au salon, Lucas et Lise jouaient aux ouistitis, en pyjama sur le tapis. Je suis passée près d'eux sans les voir ni rien leur dire. Ils s'escrimaient à retirer des bâtons verts roses orange d'un gros arbre translucide. Chaque fois des petits singes tombaient par terre et Lise était au bord des larmes parce qu'elle était sur le point de perdre. J'ai attrapé mon sac et mon manteau, je me suis dirigée vers la porte. Je n'ai pas eu le temps d'ouvrir ni même de toucher la poignée, Stéphane s'est levé d'un bond, et il m'a retenue par le bras.

– Où tu crois aller comme ça?

Il me serrait le bras, je ne sais pas combien de fois il a répété sa putain de question, il hurlait ça en chialant presque, je me suis bouché les oreilles et il m'a secouée, j'ai commencé à chantonner je ne voulais plus l'entendre, je voulais couvrir sa voix et que tout s'arrête. Les gamins nous regardaient et pas un instant je n'ai pensé à ce que ça pouvait leur faire de me voir comme ça, les mains sur les oreilles comme une enfant braquée, une démente. C'est à ce moment-là que je me suis écroulée, que je me suis sentie aspirée de l'intérieur, vidée par le haut, comme si quelqu'un suçait tout mon être et l'avalait. Je suis tombée en arrière, aussi légère qu'un drap qu'on lâche et qui s'échoue sur le sol. Je suis tombée comme ça en douceur et Stéphane m'a retenue.

– Vite, va chercher un sucre et un verre d'eau, il a fait.

J'ai entendu qu'on s'agitait à la cuisine. Lucas est revenu avec un petit carré blanc qu'il m'a collé entre les lèvres. Stéphane m'a fait boire et au bout d'un long moment j'ai entrouvert les yeux.

– Marie, ça fait combien de temps que tu n'as pas mangé ?

Il n'a pas attendu ma réponse. De toute façon je n'en savais rien et qu'est-ce que j'en avais à foutre. Il m'a soulevée, m'a portée jusqu'au canapé. Puis il a fermé la porte à clef, ainsi que les portes-fenêtres. Il a mis le trousseau dans sa poche avant de disparaître dans la cuisine. Lucas s'est approché de moi, agenouillé sur le carrelage, il a posé la tête contre mon ventre. Lise est venue se coller contre lui. J'ai senti ses doigts se faufiler entre les miens.

Quelques minutes plus tard, Stéphane est entré avec un plateau. Dessus il avait posé un yaourt, une banane, un morceau de pain. Il s'est assis près de moi. Il a glissé une main derrière ma tête, de l'autre il a tendu la cuiller. J'ai serré les dents, il a insisté et j'ai senti que la cuiller allait bientôt m'ouvrir la lèvre et me péter les dents. J'ai tout envoyé valser. Je me suis précipitée vers la porte. Elle était fermée, je le savais pourtant je l'avais vu faire, mais je crois que ce n'était pas entré dans ma cervelle. Je me suis quand même acharnée sur cette putain de poignée, j'ai tapé des poings contre le bois en gueulant «ouvre-moi, ouvre cette porte». Stéphane m'a ceinturée et je l'ai frappé. Il s'est laissé faire alors j'ai frappé plus fort. Il a encaissé sans broncher. Il a attendu que je m'épuise. Puis il m'a ramenée sur le canapé. À nouveau, il a approché la cuiller de ma bouche. Cette fois je l'ai ouverte. J'ai avalé tout ce qu'il me donnait. Il m'a gavée comme une oie, chaque bouchée m'empoisonnait, à chaque bouchée je le haïssais un peu plus. À la fin du repas il est allé faire la vaisselle à la cuisine. Il avait envoyé les enfants dans leurs chambres, j'étais seule dans le salon. Je me suis levée. J'ai marché jusqu'aux toilettes, à pas lents et menus en faisant glisser mes pieds, comme une petite vieille ou une malade, je suis restée un moment, le temps de tout vomir. Après ça je suis remontée dans la chambre et je me suis rendormie, j'ai dormi d'un sommeil jaune, un sommeil paisible et oublieux, un sommeil serein et sans rêves.

Le reste, c'est vraiment que des fragments bizarres, des images qui me reviennent par paquets indistincts, impossibles à décrypter, à identifier.

Ce jour-là je n'ai pas quitté mon lit. J'ai dormi encore dix heures. De temps à autre j'ouvrais un œil et je voyais Lucas sur la chaise à côté, ou bien c'était Lise et elle jouait tout près de moi avec ses Barbies. Elle n'arrêtait pas de les recoiffer et de changer leurs vêtements. Au salon, Stéphane passait des coups de téléphone, dans un demi-sommeil je l'entendais.

Le soir venait de tomber quand je me suis levée. Je me sentais comme une convalescente mais j'ignorais tout de ma maladie, si j'étais atteinte et par quoi.

Le dîner a été silencieux. J'ai accepté de venir à table mais je n'ai rien avalé. Stéphane avait mis de la musique, des bougies. Il me regardait d'un air désolé. De temps à autre il posait sa main sur la mienne. Il cherchait dans mes yeux des réponses à je ne sais quelle question. Je crois qu'il se disait que cette fois quelque chose était bel et bien cassé et qu'il se demandait si c'était possible de seulement réparer ça. Il se disait ça et à sa place j'aurais pas hésité, je me serais envoyée à la casse au cimetière et je serais allée chercher un modèle neuf et solide.

Après le dessert il a allumé la télé, sûrement le silence était devenu trop lourd et trop présent. Ils passaient un film avec Jim Carrey, les enfants ont eu le droit de rester et l'acteur élastique a eu beau déployer toute l'étendue de son génie comique, personne n'a ri. Lise s'est endormie, pelotonnée dans mes bras. Cette nuit-là, à nouveau, Stéphane a disposé des matelas au centre du salon, mais cette fois il a voulu qu'on dorme tous ensemble. On s'est allongés les uns contre les autres. Il y avait de la musique en sourdine, un truc brésilien. Au bout de quelques minutes à peine, les enfants ont sombré dans un sommeil de plomb de peur et de chagrin. Stéphane n'a pas fermé l'œil, de toute la nuit il ne m'a pas quittée du regard, même paupières closes je le sentais.

Le lendemain au réveil, Stéphane agissait comme si tout était redevenu normal. Il avait préparé le petit déjeuner et quand je suis apparue dans la cuisine, il m'a souri et m'a demandé si je voulais un jus d'orange. Je me suis assise et il m'a embrassée sur le front.

— T'as bien dormi, il a fait, et les enfants me regardaient en souriant gentiment.

Un court instant je me suis demandé si je ne m'éveillais pas d'un long cauchemar, un de ces rêves dont la texture est plus épaisse et brillante que la réalité même. Stéphane s'est assis avec nous, il a bu une gorgée de café puis il a annoncé qu'on allait tous partir en voiture ce matin, que personne n'irait au travail ni à l'école ni rien. Les enfants ont paru étonnés, Lise a même souri. Depuis combien de temps ne l'avais-je pas vue sourire, avec cette joie-là, cette joie lumineuse au milieu du visage ?

— Ben quoi ? Ça va pas vous tuer de rater l'école, a fait Stéphane. Je vous ferai un mot. Mais si vous préférez y aller, hein, c'est comme vous voulez.

— Oh non, a fait la petite, et Stéphane lui a ouvert les bras pour qu'elle vienne y cueillir un câlin.

À ce moment précis, je crois que même moi je me suis dit que les choses allaient pouvoir reprendre leur cours.

Dans la voiture Stéphane n'arrêtait pas de se retourner. Toutes les deux minutes il demandait aux enfants si ça allait, s'ils n'avaient pas trop froid vu que le chauffage était en panne, s'ils étaient contents de se faire une petite journée en famille, tous ensemble pour une fois, ça faisait si longtemps que c'était pas arrivé. Il semblait sincèrement joyeux. Il me lançait des sourires qui devaient se cogner à mon visage fermé, immobile, sans expression. Enfin j'imagine. C'est tellement difficile pour moi de me figurer tout ça. J'étais tellement anesthésiée, enfouie si loin en moi-même, j'étais tellement blessée, éventrée. On a roulé jusqu'à la plage. Il faisait beau et froid. Le vent était presque tombé, mais il en restait suffisamment pour faire planer un cerf-volant. Stéphane a sorti du coffre les seaux et les pelles de Lise, un ballon. Il n'y avait personne à part nous, emmitouflés dans nos manteaux, nos cagoules nos écharpes. Ils ont commencé à jouer et je me revois assise un peu plus loin, adossée au bois rongé d'un chalet blanc, les bras, les genoux, les jambes cachées sous un immense pull en laine écrue. J'ignore où j'étais vraiment alors, à quoi je pouvais bien penser, si seulement je pensais à quelque chose, là sur les marches du chalet, un chalet pareil à celui où Bechir et moi avions trouvé refuge, juste avant de rejoindre le camion, juste avant sa mort.

Stéphane s'amusait comme un fou. Ce qu'il pouvait être beau quand il jouait comme ça, la balle au pied il avait dix-sept ans à nouveau, ses gestes fluides et parfaits quand il frappait, son élégance de danseur quand il jonglait, dribblait des fantômes, multipliait les passements de jambes et les roulettes, effaçait d'invisibles adversaires. De temps à autre, il me lançait un signe de la main et je lui répondais. Lise se jetait sur moi et elle me serrait de toutes ses forces minuscules, puis elle retournait jouer et riait aux éclats en se tordant comme un asticot.

Après on est allés manger une pizza. Le restaurant donnait sur la mer. Assis près des vitres, on était dans un bateau et l'eau s'échouait dans nos assiettes. Ça faisait des années. Des années qu'on n'était pas venus là. Le patron nous a reconnus. Il nous a fait la bise. On était les seuls clients. Stéphane a bu beaucoup de vin, il a vidé la bouteille. Il parlait trop fort. Les serveurs nous regardaient en biais. Lucas et Lise était trop occupés par leur quatre fromages pour se rendre compte de quoi que ce soit, y compris de mon regard vide, de mes yeux éteints qui s'absorbaient dans la contemplation du ciel, s'y noyaient, s'y fondaient.

À moins que je me trompe.

À moins qu'ils se soient rendu compte de tout au

contraire. Leur père qui s'échinait à ce que tout paraisse normal, joyeux. Et moi aux abonnées absentes.

À moins qu'ils aient préféré ne pas voir ça et se réfugier dans leurs assiettes.

On est rentrés et au volant de sa voiture, garée devant la maison, le médecin nous attendait. Immédiatement j'ai vu le visage de Stéphane se décomposer. Dans la chambre, on m'a sondée, questionnée, palpée, mesurée. Je me suis laissée faire. J'ai répondu oui du bout des lèvres, non dans un murmure, mais ça aurait pu être le contraire. De toute manière peu importaient ses questions, peu importaient mes réponses, peu importait la vérité, il était médecin après tout, et comme tous les médecins il aimait qu'on lui donne ce qu'il attendait, qu'on conforte l'avis qu'il s'était forgé seul, avant même d'arriver. Stéphane nous a rejoints, il était resté un peu avec les enfants, il était resté pour rassurer Lucas surtout. Dans ma tête j'entendais tourner sa phrase quelques semaines plus tôt : *maman je veux pas que ça recommence.* Le médecin ne s'est plus adressé qu'à lui, il parlait de moi à la troisième personne, comme si je n'étais pas là. Stéphane l'a laissé faire, il l'a écouté débiter son diagnostic, ses conseils et lui comme moi on savait où il allait en venir, où ça allait finir, dans cette clinique au fond d'un parc, la chambre blanche et l'arbre qui se balance, les étendues d'herbe

210

rase et les grands marronniers la statue la pièce d'eau les infirmières le psychiatre le sophrologue l'atelier d'art-thérapie la salle de télévision le réfectoire les pilules jaunes les cachets roses les cachets blancs les cures de sommeil le silence et les cris parfois. Stéphane a tout écouté. Il a hoché la tête. Le médecin a demandé s'il voulait qu'il appelle dès maintenant son collègue pour qu'on me réserve une place, qu'on puisse m'accueillir dès demain peut-être. Stéphane a dit non.

– Non à quoi ?
– Non à tout.
– Mais bon Dieu, qu'est-ce que vous voulez alors ?

Ce que Stéphane voulait ce n'était pas difficile à comprendre. Ce qu'il voulait c'était reprendre une vie normale. Oublier tout ça et ne surtout rien savoir de ce qui me laissait prostrée et muette, absente et vide à l'intérieur, hébétée, choquée. C'est ce qu'il voulait et c'est ce qu'il a essayé de faire. Dans la maison il s'activait, s'occupait des enfants, parlait tout seul et à voix haute, brassait du vent et riait tout seul, sifflotait, voulait tout prendre à la légère, égayer ce qui pesait et clouait au sol chacun de nous. *Allez hop les enfants on va être en retard Lise finis tes céréales allez on y va fais-moi un petit bisou et c'est parti pour une belle journée ça va être bien l'école aujourd'hui tu vas jouer et apprendre des tas de choses allez Lucas va t'habiller on y va.* Je les suivais sans un mot, partout je les suivais je n'avais pas le choix, pas un instant Stéphane ne me laissait seule. Il avait démonté les verrous des toilettes et de la salle de bains, planqué toutes les clés de la maison. Le matin on amenait les enfants à l'école et on rentrait tous les deux, j'étais un fantôme et lui un comédien médiocre, il en faisait des tonnes et me couvrait de baisers que je ne pouvais plus lui rendre, il m'inondait de mots doux que je n'entendais qu'à peine, se lançait dans des discours où il était question de projets, de vacances, de chercher un nouveau travail, de se mettre au jardin, de repartir du bon pied. *Tout va bien aller maintenant, il faut juste que tu te reposes, que tu reprennes des forces et tout ira bien maintenant.* Combien de temps ça a duré cette comédie, ce monologue, cette parodie? Quelques jours pas plus. Quelques jours seulement. Stéphane grimaçait des sourires forcés. À bout, complètement perdue, Lise passait du sommeil aux larmes et des larmes au sommeil. Elle pleurait pour un rien et ses nerfs craquaient à la moindre occasion. Lucas se tenait à distance, un voile d'inquiétude dans les yeux, les mâchoires serrées, jouant au grand garçon, au grand frère, à l'aîné, contrôlant chacun de ses mots de ses gestes pour ne pas se laisser submerger. À les regarder tous les trois, et moi au milieu allongée les yeux grands ouverts rivés au plafond, un gant imbibé de synthol sur le front dans la pénombre de la chambre aux volets clos même en plein jour, des heures assoupie dans l'eau devenue froide de la baignoire, à nous regarder tous les quatre on voyait bien qu'on allait droit dans le mur. Je crois que Stéphane aussi s'en rendait compte mais qu'il ne voyait pas comment l'éviter.

Ça faisait trois ou quatre jours que les enfants retournaient à l'école. Ce jeudi-là vers onze heures, le téléphone a sonné. C'était le directeur il voulait nous voir sur-le-champ, il n'a pas souhaité nous en dire plus. Je dormais et Stéphane est venu me réveiller. Lui non plus ne m'a rien dit. Il m'a installée dans la voiture. J'étais assommée, bourrée de somnifères et de tranquillisants.

On a traversé la cour et par la fenêtre Lucas nous a vus, Stéphane me tirait par la main, j'avais passé un manteau sur ma chemise de nuit et mes cheveux décoiffés s'emmêlaient jusque devant mes yeux. Dans le bureau du directeur on s'est assis. Des mots ont été échangés. Il y était question de Lise mais rien ne me parvenait clairement, rien ne s'imprimait. Je voyais juste le visage de Stéphane se défaire, je le voyais se gonfler de larmes et ses mâchoires les retenir. Je voyais le directeur et son regard indéchiffrable, je voyais leurs lèvres à tous les deux s'ouvrir et se fermer mais je n'entendais rien, quelqu'un avait coupé le son dans ma tête. Un peu plus tard on est ressortis avec Lise et elle pleurait. Son visage était couvert de peinture et ses cheveux taillés n'importe comment. Stéphane a frappé à une porte, il a échangé quelques mots avec une institutrice. Sous le regard de ses camarades, Lucas a rangé ses affaires et nous a rejoints.

Juste avant de refermer la porte j'ai entendu s'élever une voix d'enfant.

– C'est la mère de Lucas. Celle qui couche avec les Kosovars.

Ça, je l'ai entendu, mais ça n'est pas entré non plus, c'est venu se cogner à moi et c'est reparti comme une balle contre un mur. Ça a glissé comme à la surface d'une toile cirée. On a regagné la voiture. Lise reniflait, elle cherchait mon regard avec une intensité déchirante. Stéphane a expliqué à Lucas qu'elle avait fait une grosse bêtise. Que pendant la séance de peinture et de collage, elle s'était couvert le visage de peinture, puis coupé les cheveux avec les grands ciseaux.

Arrivés à la maison, elle s'est lovée dans les bras de son père. Avec une douceur bouleversante il l'a bercée, il a embrassé ses joues son front ses lèvres, il l'a submergée de mots d'amour et elle s'est endormie. Je les regardais sans comprendre. Ça n'avait pas plus d'importance que si je n'avais pas été là pour le voir, que si je n'avais pas existé. Rien de tout cela ne me touchait. Je sais que c'est difficile à admettre. À imaginer même.

Je suis sortie par la fenêtre de la cuisine. Je me suis tordu la cheville, j'ai étouffé un cri mais Stéphane n'a rien vu, rien entendu, il était trop occupé avec Lise, avec Lucas, il écopait de tous les côtés. J'ai marché vers la forêt, je me suis enfoncée dans les bois noirs.

215

C'est Lucas qui y a pensé, c'est lui qui a su. Il a enfilé son K-way et il a guidé son père. Jusqu'à la grotte il l'a guidé et ils m'ont trouvée là, recroquevillée, le visage dans la boue. Stéphane m'a prise dans ses bras. Jusqu'à chez nous il m'a portée ainsi. Comme une mariée endormie. Ma main pendait dans le vide et Lucas la tenait dans la sienne, personne ne pouvait le voir sous sa capuche et le visage inondé de pluie mais il pleurait. On est rentrés comme ça à la maison, je nous imagine ainsi, curieux cortège noyé.

À partir de ce jour, je ne me suis plus levée de mon lit que pour aller aux toilettes. Stéphane me nourrissait à la petite cuiller et la chambre était interdite aux enfants. Je n'ai plus prononcé le moindre mot. Même quand Isabelle a appelé, même quand elle est venue. Même quand Stéphane l'a laissée entrer et qu'elle s'est assise au bord du lit. Qu'elle m'a montré son bouquet, comme si elle venait me visiter à l'hôpital, les mêmes gestes exactement, trouver un vase faire couler l'eau y glisser les fleurs, poser l'ensemble sur la table de nuit. Elle est restée plus d'une heure et je n'ai pas desserré les mâchoires. Elle a parlé quand même. Comme Stéphane depuis quelques jours elle a parlé seule et à voix haute, comme à ces gens plongés dans le coma et dont on dit qu'ils entendent en dépit des apparences. Elle m'a donné des

nouvelles, d'elle et des autres. On l'avait relâchée au
bout de trois jours. Il n'y avait pas eu de procès. La ville
avait reculé, abandonné les poursuites. Seuls les passeurs
étaient recherchés. Mais les centres devaient rester fermés.
Le froid s'amplifiait et chaque jour les journaux annon-
çaient de nouveaux morts. Les rafles se multipliaient, les
flics organisaient des battues dans les bois, quadrillaient
les plages et le port, chopaient des réfugiés par dizaines.
La nuit précédente, une bande de jeunes armés de battes
de base-ball avait fait une descente dans le parc. Trois
Kurdes étaient morts. Six gravement blessés. Elle me
parlait de tout ça et qu'est-ce que j'en avais à foutre,
ça entrait par une oreille et ça sortait par l'autre. Elle a
fini par partir, sur la commode elle a laissé cette carte,
elle l'avait préparée au cas où. Elle y annonçait qu'elle
quittait la ville, qu'elle partait s'installer en Bretagne.
Elle avait vendu sa maison, trouvé un appartement et
une place de serveuse dans un bar. Elle mentionnait sa
nouvelle adresse, son numéro de téléphone.

C'est cette nuit-là que j'ai disparu. Que je me suis
volatilisée. Stéphane n'a pas dû comprendre ce qui s'était
passé. Je m'étais endormie à ses côtés. À son réveil je
n'étais plus là. Les volets étaient pourtant clos, impossibles à fermer de l'extérieur. Ses doigts ont dû fouiller
dans la taie de son oreiller, y trouver les clés. Il a dû
vérifier que toutes les portes étaient fermées et c'était le

cas. Il m'a cherchée dans le salon, les chambres, la cuisine. Dans le jardin, dans l'armoire dans la penderie dans le garage. Il s'est précipité dans la rue, il a couru jusqu'aux bois, il est rentré et il a roulé dans la ville au hasard, il a marché sur la plage, suivi les sentiers le long des falaises. Mais ce n'est pas lui qui m'a trouvée. Ce n'est pas lui mais un garde forestier, plusieurs jours plus tard, je n'avais aucune idée d'où je pouvais bien être, il paraît que j'errais le long d'une rivière, et que ma bouche prononçait des mots sans queue ni tête.

C'est comme ça que je suis arrivée ici.

C'était un soir en novembre.

C'était un soir en novembre et nous voilà au printemps. Une lumière rose tombe sur les arbres, sur le parc, et les premières feuilles des tilleuls sont d'un vert incroyablement tendre. J'aime bien la courbe du fleuve en contrebas, sa peau grise qui ondule entre les arbres. La nuit dans la buée des vitres, on voit les immeubles allumés, les routes qui s'entrecroisent et le ruban des voitures qui filent vers l'ouest. C'est juste des traits un peu flous, des taches aux contours pas nets. Je passe des heures à regarder ça et ça m'apaise.

Je sais que je vais sortir un jour, comme on sort de la nuit ou du sommeil. Je le sais. C'est idiot mais j'ai l'impression qu'une fois poussée la grille, la lumière sera si intense qu'elle m'éblouira. Pourtant non. Dehors la lumière sera la même. Et moi aussi je serai la même. Ni neuve ni recommencée. Rafistolée à peine.

Mes enfants me manquent. Ils me manquent tant. Je sais que bientôt je vais les voir, j'ai tellement hâte. Tellement peur aussi. J'ai tellement hâte d'être au-dehors et de leur tenir la main.

Je sais que ce sera long. Plusieurs mois encore, une année peut-être, ont dit les médecins. Mais j'attendrai.

Je sais que j'attendrai.

J'aurai la patience.

Merci à Jean-Christophe et au
Channel Scène Nationale de Calais
Merci, surtout, à Jean-Pierre Améris

DU MÊME AUTEUR

Romans et nouvelles

Je vais bien, ne t'en fais pas…
Le Dilettante, 2000
et « Pocket », n° 11109

À l'ouest
Éditions de l'Olivier, 2001
et « Pocket », n° 11676

Poids léger
Éditions de l'Olivier, 2002
et « Points », n° P1150

Passer l'hiver
Bourse Goncourt de la nouvelle
Éditions de l'Olivier, 2004
et « Points », n° P1364

Falaises
Éditions de l'Olivier, 2005
et « Points », n° P1511

Des vents contraires
Éditions de l'Olivier, 2009
« Points », n° P2307

Le Cœur régulier
Éditions de l'Olivier, 2010

Kyoto Limited Express
Photographies de Arnaud Auzouy
« Points », n° P2500, 2010

RÉALISATION : PAO ÉDITIONS DU SEUIL
IMPRESSION : CPI BRODARD ET TAUPIN À LA FLÈCHE
DÉPÔT LÉGAL : AOÛT 2008. N° 98183-8. (62669)
IMPRIMÉ EN FRANCE